長白山詩派叢書

张福有 主编

张岳琦诗词选

张岳琦◎著

時代文藝出版社

图书在版编目（CIP）数据

张岳琦诗词选 / 张岳琦著. —长春：时代文艺出版社，2019.7
（长白山诗派丛书 / 张福有主编）

ISBN 978-7-5387-6052-1

Ⅰ. ①张… Ⅱ. ①张… Ⅲ. ①诗词－作品集－中国－当代 Ⅳ. ①I227

中国版本图书馆CIP数据核字（2019）第013573号

出品人　陈　琛
产品总监　郭力家
责任编辑　李天卿
封面题字　王云坤
装帧设计　孙　利
排版制作　隋淑凤

张岳琦诗词选

张岳琦 著

出版发行 / 时代文艺出版社
地址 / 长春市福祉大路5788号　龙腾国际大厦A座15层　邮编 / 130118
总编办 / 0431-81629751　发行部 / 0431-81629755　北京开发部 / 010-63108163
官方微博 / weibo.com / tlapress　天猫旗舰店 / sdwycbsgf.tmall.com
印刷 / 三河市万龙印装有限公司
开本 / 710mm × 1000mm　1 / 16　字数 / 225千字　印张 / 16.25
版次 / 2019年7月第1版　印次 / 2019年7月第1次印刷　定价 / 98.00元

巍峨长白　张福有 摄

⊙ 2011 年 8 月 22 日，张福有在长白山天池

主编简介

张福有，别署养根斋，祖籍辽宁东港，1950年生于吉林集安良民村，中央党校研究生，研究员。中国文联全委，中国摄影家协会理事，中国作家协会会员，中国书法家协会会员。曾任集安县委办公室副主任，通化地委办公室副主任，吉林省委副秘书长兼办公厅副主任，白山市委副书记兼政协主席，吉林省委宣传部副部长（正厅长级）兼吉林省社科联党组书记、副主席，吉林省文联（吉林省作协）党组书记、副主席和吉林省社科院副院长，吉林省政协常委，中华诗词学会二届、三届副会长等。现为中华诗词学会顾问，吉林省诗词学会会长，长白山诗副社长，《长白山诗词》主编，吉林省长白山文化研究会会长，吉林省文史研究馆馆员，吉林师范大学客座教授，中国社科院东北工程专家组成员，吉林省文物局集安麻线高句丽碑、安图长白山神庙遗址、抚松枫林遗址专家组成员。著有《养根斋诗词选》《张福有诗词选续辑》《诗词曲律说解》《长白山诗词史话》《高句丽王陵统鉴》等，辑笺《长白山诗词选》，编著《长白山诗词论说》《百年苦旅》《集安麻线高句丽碑》等，主编《长白山池南撷韵》等三十多部，有三十多项考古新发现，填补空白，纠正误识误读。2012年荣获“全国优秀科普名家”称号。被《长白山诗词》和“诗词中国”推荐为：“吉林诗家”“中华诗人”。力行以诗证史，倾心培育长白山诗派，为长白山文化研究和建设做出开拓性贡献。

长白瀑布　张福有 摄

⊙张岳琦

作者简介

张岳琦，山东省枣庄市人，1938年生。先后在黑龙江、辽宁、广东、中办、吉林工作。曾任吉林省政协主席。20世纪90年代以来，历任中华诗词学会顾问、中华辞赋顾问、中国楹联学会顾问，长白山诗社社长、吉林省诗词学会会长，《长白山诗词》编委会主任。已发表诗词理论著作《诗词格律简捷入门》（中国文史出版社出版），诗词选《岁月拾韵》（中华诗词文库主编，中国文联出版社出版），散文集《哲思短札》（世界图书出版公司出版）。

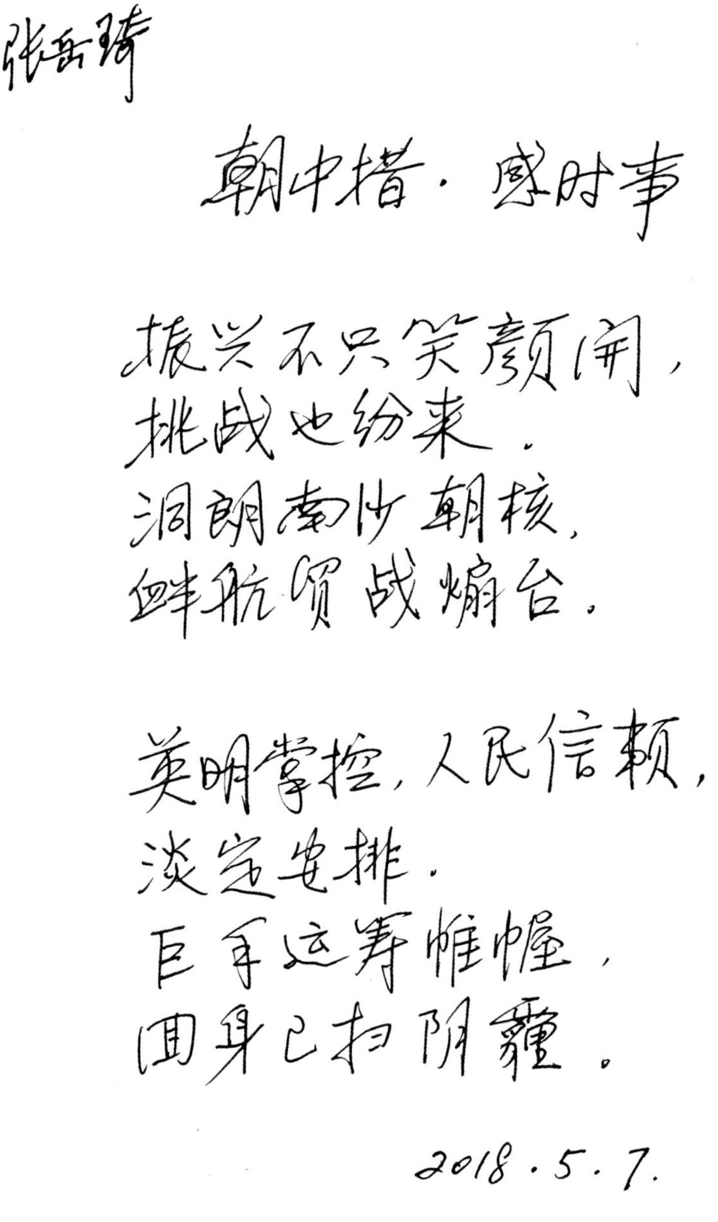

张岳琦

朝中措·感时事

振兴不只笑颜开，
挑战也纷来。
洞朗南沙朝核，
衅航贸战煽台。

英明掌控，人民信赖，
淡定安排。
巨手运筹帷幄，
周身已扫阴霾。

2018.5.7.

⊙ 张岳琦手迹

总 序

经过多年的策划，“长白山诗派丛书”今年终于全面启动了。

早在1994年春，时任中共白山市委副书记蒋力华建议拙斋编辑《长白山诗词选》，并云：“担纲者，非兄莫属也。”拙斋深感兹事体大意深，可做，亦应做好。只是时任中共吉林省委副秘书长兼办公厅副主任，分管综合、信息、督查等政务工作，没有时间去做。1996年5月9日，拙斋亦被省委派到白山，任中共白山市委副书记兼市政协主席。当晚席间，力华说：“老兄，《长白山诗词选》这回可以动手了吧？”我答：“此事现在真的可以做了。”

此后，两年的业余时间，均做此事，每天只睡两到四个小时。辛苦，但很充实，也很快乐。

1998年9月8日，拙斋在白山市主持召开了全国第三次长白山文化研讨会暨《长白山诗词选》首发式。应拙斋之请，时任吉林省政协主席张岳琦同志莅临会议。中华诗词学会孙轶青会长写来贺诗。中华诗词学会常务副会长、《中华诗词》杂志社社长梁东，副会长、《中华诗词》主编刘征，副会长兼秘书长、《中华诗词》常务副主编周笃文，副会长、《中华诗词》常务副主编杨金亭，副会长、河南省诗词学会会长林从龙，中华诗词学会顾问、广西政协副主席、诗词学会会长钟家佐，《诗刊》常务副主编丁国成，著名诗词理论家丁芒等国内诗词大家齐聚白山，共襄盛举。会上，诸位诗词界权威盛赞《长白山诗词选》的辑笺和出版发行。丁芒先生着重谈了《长白山诗词选》的史学意义。梁东先生说："白山市委能从历史文化遗产中吸取力量，从几千年历史中展望未来，难能可贵。"刘征先生说："张福有同志辑笺《长白山诗词选》的出版，为繁荣中华诗词做出了不可磨灭的贡献。"周笃文先生说："词的源头可以追溯到《纪辽东》。《长白山诗词选》收录了隋炀帝和王胄的《纪辽东》，既是对长白山文化的贡献，也是对中华诗词的贡献。"杨金亭先生说："随着《长白山诗词选》的出版，呼唤长白山诗派的出现。《长白山诗词选》的出版，不仅是张福有同志对长白山文化的贡献，对繁荣中华诗词也做出了不可磨灭的贡献。这部书的问世，为研究长白山文化在中华文化中的个性与特色，提供了资料。这对于建设长白山诗派，很有益处。现在，全国的诗词创作空前活跃，不足之处是缺少诗派，或者说，有的流派还在形成之中。随着《长白山诗词选》的出版，呼唤长白山诗派的出现。只有众多诗派形成之后，才能有真正的诗词的繁荣。"这都是十分难得、甚为宝贵的评价和建议。尤其是杨金亭先生的意见，对于我们吉林省的诗词创作，具有特别重要的指导意义。中华诗词学会这几位先生的重要讲话，均收录在2001年10月出版的《长白山诗词论说》一书中，由时代文艺出版社出版。

培育长白山诗词流派，最重要的是加强诗词建设。加强诗词建设，是一项宏大的事业，要将其作为事业来对待。要有事业心和责任感，在队伍建设、阵地建设、理论评论建设、风格流派建设等方面取得突破。就此问题，我们抓了三十年，大致分为三个阶段：

第一个阶段是前十年。从1987年5月15日吉林省诗词学会成立，到1998年9月8日全国第三次长白山文化研讨会暨《长白山诗词选》首发式的举办。这十年多，主要是打基础，从组织上做准备和铺垫。长白山诗社几位社长特别是文中俊先生，做了很多工作。这十年多，虽然没有明确吉林的诗词发展要以什么为目标和主攻方向，但加强队伍建设、办好《长白山诗词》，传承旧体诗词、发展和繁荣诗词创作等方面，是明确的，而且是非常重要的。这是打基础的阶段。

第二个阶段是中十年。从1998年9月8日到2008年9月12日，即从全国第三次长白山文化研讨会暨《长白山诗词选》首发式起，到吉林省诗词学会第二次会员代表大会的召开。主要目标是深入挖掘长白山诗词的历史底蕴，建立、健全各级诗词组织。

长白山诗词底蕴深厚，从《诗经》的“大东”“追”“貊”“商”，到词的源头《纪辽东》；从汉、魏、晋、唐、宋，到辽、金、元、明、清，长白山诗词源远流长，而且有优秀的传世作品。隋炀帝的《纪辽东》，唐太宗的《辽城望月》，李白的《高句丽》《送王孝廉觐省》，张元幹的《念奴娇》，萧太后的《秋猎》，王寂的《渡辽》，赵秉文的《长白山行》，刘敏中的《卜算子·长白山中作》，朱元璋的《鸭绿江》，康熙的《望祀长白山》《柳条边望月》《松花江放船歌》等，吴兆骞的《长白山》《长白山赋》，乾隆的《驻跸吉林境望叩长白山》《望祭长白山》《吉林览古杂咏》《吉林土风杂咏十二首》等，张凤台的《赠刘建封》，刘建封的《白山纪咏》等，十分珍贵，不可多得。尤其是“三吴”——吴兆骞、吴大澂、吴禄贞，二沈——沈承瑞、沈兆禔，“吉林三杰”——成多禄、宋小濂、徐鼐霖，在长白山诗派中都堪称独树一帜，成就斐然。

《长白山诗词选》出版之后，我又陆续查找到一些与长白山直接有关的诗词。如，从金代王寂的《张子固奉命封册长白山回以诗送之》七律中可知，金代是派张子固到长白山北的神庙即安图“宝马城”封册长白山神为“开天宏圣帝”的。此事，《金史》中无记载，是以诗证史的典型例证。2009年，我将王寂这首七律收录进《长白山池南撷韵》一书，由吉林人民出版社出版。从王寂《鸡儿花》的五律中，可知他在信州偏脸城中的大明寺住过。曹雪芹的祖父曹寅，随康熙东巡到过吉林，有词《满江红·乌拉江看雨》，可谓坚证。吴大澂在《皇华纪程》中留下很多诗词，一路上在吉林境内吃住过好多地方。其实，他在第一次奉使吉林时（光绪六年腊月十五晚）就住在敦化官地镇岗子村，当时叫通沟镇，通沟驿站就是吴大澂增设的。通沟驿站的位置，与现在的通沟书院紧相比邻，仅距几十米。这都是不可多得的力作和掌故。这些长白山诗词作品，奠定了长白山诗词流派的根基。这是一笔非常宝贵的精神文化遗产。

我们要培育、建设长白山诗词流派，首先要深刻认识古人这些长白山诗词作品的重要价值，从中汲取养分，才能将其很好地传承下去。全省多数市州和有条件的县市区，都建立了诗词组织。2001年，由翟志国选编的《长白山诗词精选》，收录了《长白山诗词》自1985年创刊到2000年十五年间的诗词精品，正式出版。2003年出版的拙著《一剪梅情缘》，事由李克谦先生发端，俞平伯之子俞润民、陈煦伉俪热心助力，欧阳中石先生题写书名，严迪昌先生作序，全国近三百位诗人参与，感动了全国诗词界，其中的主要文章被收入《中华诗词年鉴》。

《长白山诗词选》出版以后，得到书法家的高度重视。徐邦家先生率先书写，出版专著。全省很多县市的县志、市志中，选入与当地有关的长白山诗词。吉林省地方志办公室又让我从志书里的诗词中，选收《志咏长白》等一百首，专门出版。《长白山诗词百韵》，是根据蒋力华先生的提议，由我从《长白山诗词选》中选录的。这一百首诗词，周至清代六十首，民国十首，当代三十首。书已出版，书法作品还举办了展览。

第三个阶段是后十年。从2008年9月13日到2018年4月4日，即从吉林省诗词学会第二次会员代表大会的召开起，到这次编辑的“长白山诗派丛书”书稿送交时代文艺出版社。

2008年9月13日，我们召开了吉林省诗词学会第二次会员代表大会。经会长办公会讨论、张岳琦会长审定，我在报告中提出“发展振兴我省诗词事业，培育、建设长白山诗词流派，使之进一步融入全国诗词由复兴走向繁荣的大潮”的五项主要工作任务：一是，扩大诗词队伍，加强组织建设；二是，提高创作质量，办好《长白山诗词》；三是，深入生活，深入实际，多创作关心时事、反映现实、感悟人生的作品，使之成为诗词创作的主流；四是，加强对外交流；五是，与时俱进，积极开发电子网络传媒中的诗词活动。其中主要是通过大规模采风创作，锻炼、提高队伍，坚持出版大型主题诗词集。这期间，在集安、长白山池南区、江源、通化县、公主岭、白城、农安、辉南、珲春、图们、梅河口、通榆、长白山池北区、四平、东丰、吉林市龙潭区江密峰镇、敦化等地举办的诗词采风和诗词活动中，我们都反复强调培育、建设长白山诗词流派这一重要工作，形成共识，齐心协力地抓落实，见到显著成效。

2010年3月21日，中华诗词学会顾问、《中华诗词》主编杨金亭先生在我省农安诗人叶宝林的诗词研讨会上高兴地说：“可以说，长白山诗词流派，现在已经初步形成。”这是杨金亭等先生对吉林和东北诗词事业的充分肯定。

三十年间，我们主要做了以下工作：

一是，连续组织大型采风活动。

1. 2005年4月23—24日，关东诗阵第一届年会暨杏花诗会在白城市召开。

2. 2006年，关东诗阵年会暨百家诗人咏黄龙活动于7月12—13日在黄龙府农安召开。

3. 2007年4月29日—5月2日，在集安召开年会，著名诗人熊东遨、包德珍、韩林坤、张驰参加。出版采风诗集《历代诗人咏集安》。

4. 2008年3月16日，由耐寂轩主主编的《长白山诗词》刊发《关东诗阵专号》，共收关东作者一百三十余人，近五百首作品。

5. 2008年9月5—7日，由长白山池南区管委会、关东诗阵联办的“长白山池南颂采风之旅暨关东诗阵2008年年会”在长白山池南区召开。出版采风诗集《长白山池南撷韵》。

6. 2009年3月23日，在中共吉林省委宣传部的大力支持下，召开了《长白山池南撷韵》出版座谈会，来自吉林、黑龙江等地的六十多位作者代表出席。

7. 2009年6月12—14日，在公主岭市举办“公主岭诗乡之旅暨关东诗阵2009年年会”，著名诗人熊东遨、李枝葱参加。出版采风诗集《公主岭风韵》。

8. 2009年7月，通化县“酒海溢香”诗会。出版采风诗集《酒海溢香》。

9. 2009年9月28—30日，由白山市江源区、中华诗词论坛、吉林省诗词学会、长白山文化研究会主办，中共白山市江源区委宣传部、关东诗阵、江源区文化旅游局承办的“江源毓秀金秋采风”活动暨《百年苦旅》首发仪式、庆祝关东诗阵成立五周年大会在江源区举行，包德珍、张驰再度参加。出版采风诗集《江源毓秀》。

10. 2010年5月，举办白城杏花诗会，熊东遨、钱明锵参加。

11. 2010年7月6日，在辉南玛珥湖山庄举办“当代诗人咏辉南龙湾采风行”活动。出版采风诗集《当代诗人咏辉南》。

12. 2010年9月11日，农安诗会暨关东诗阵2010年年会。出版《黄龙逸韵》。

13. 2011年6月，再次组织通化县采风活动，召开关东诗阵2011年年会。出版采风诗集《诗人走进通化县》。

14. 2011年8月，《图们江放歌》出版。8月19日—21日，在图们市朝鲜族百年部落举行首发式，三十位诗友聚集一堂，围绕《图们江放歌》出版发行的历史意义、文化价值、培育长白山诗词流派等问题开展研讨。

15. 2011年12月，《辛卯开岁联唱集》出版。

16. 2012年7月20—22日，梅河口采风活动，召开关东诗阵2012年年会。采风作品收入《梅津汇律》《海龙吟》。

17. 2012年9月22—23日，《珲春韵汇》《延边礼赞》出版，为延边设州六十周年献上厚礼。

18. 2013年8月5—6日，通榆向海采风活动，召开关东诗阵2013年年会。出版采风诗集《鹤乡雅韵》。

19. 2014年5月28日，中共四平市铁东区委、区政府和四平市诗词学会，共同举办“纪念纳兰性德诞辰三百六十周年端午诗会”，吉林省诗词学会参加活动。

20. 2014年7月4—6日，《诗情画意鹿乡行》采风启动仪式在东丰县举行。“中华诗词论坛·关东诗阵”的主力五十位诗友参加采风，召开关东诗阵2014年年会。12月31日，中共东丰县委、县政府隆重召开《诗情画意鹿乡行》首发式，有七百多人参加。

21. 2014年8月28日，中华诗词学会主办的“寻梦纳兰性德祖地，走进诗情画意四平”诗词研讨会在四平市铁东区叶赫大架山晨亮会馆举行。全国诗人走进四平，省诗词学会大力支持。四平市诗词学会为了宣传纳兰性德祖居地，研究纳兰性德诗词，还举办了纳兰性德诗词大讲堂。

22. 2015年12月18—21日，“纪念刘建封诞辰一百五十周年长白山诗会”在长白山一山一蓝生态主题酒店举行。诗词中国组委会代表、中国出版集团中版文化传播公司总经理助理沈昊，向“诗词中国创作基地定点合作单位”一山一蓝生态主题酒店、长白山历史文化园授牌。2015年度关东诗阵年会召开。会后结集出版《韵补东荒》。

23. 2016年9月23—25日，吉林省诗词学会组织东北三省部分诗人在吉林市龙潭区江密峰镇采风。“精彩龙潭”诗词座谈会暨关东诗阵2016年年会在龙潭区档案馆召开。关东诗阵九名版主参加了这次活动。

24. 2017年4月29日—5月1日，“敖东绮韵”关东诗阵2017年年会在敦化举行。敦化市诗词学会和通沟书院于亚茹院长给以大力支持。

关东诗阵的年度采风，得到了吉林省委原书记王云坤的高度重视和鼎力支持，多次题写书名，得利了吉林省政协原主席、中华诗词学会顾问、省诗词学会老会长张岳琦和中共吉林省委原副书记、省诗词学会顾问唐宪强的大力支持。只要能脱开身，他们都尽量到采风市县参加活动。平时，也帮助省诗词学会解决不少难题。吴文昌同志曾任中共吉林省委组织部副部长、吉林省人事厅厅长等职，出任“中华诗词论坛·关东诗阵”首版助理，帮助论坛把关定向，做了很多重要工作。个人出版有《临清集》《俯仰集》等三本诗集。聂德祥同志退休前任吉林省诗词学会副会长，是学会资历最深的副会长，出版有《试剑集》和《虎啸集》，积累了大量资料和诗词档案，为学会的建设做了很多工作。在每年诗词采风之后的编书工作中，副会长翟志国的从严把关让人记忆犹新。出力最多的是副会长温瑞，眼明手快，加快了进度，保证了质量。副会长邵红霞和关东诗阵首版助理高丰清多次参与编书。除了采风之外，我们还根据中华诗词学会的部署，编辑出版了《中华诗词文库·吉林诗词卷》，堪称是对长白山诗词流派建设成果的一次集中检阅。我们还根据中华诗词学会的部署，编辑了《当代中华诗词集成·吉林卷》。

二是，坚持办好《长白山诗词》，出版具有地域特色的诗词作品集。《长白山诗词》，有国内外公开刊号，张岳琦主席提出明确的办刊理念：“扎传统之根，开时代之花，育佳作之林，建诗友之家。”双月刊，现已出刊一百四十八期。

在采风之后正式出版的大型主题诗集之外，我们还编辑出版了《香远溢清》《百年苦旅（诗贺）》《戍楼浩咏》《人民警察颂》《法书吟鉴（诗贺）》《李元才书法集（诗贺）》《白山纪咏》《雪域情怀》《纪辽东》《辛卯开岁联唱集》《松花玉咏》《长白山黑陶》《公主岭玉米之乡》《吴景升文集（诗贺）》等诗集。九台、德惠、农安及白山、集安、通化县等地，都有固定的诗词刊物和诗集出版。真可谓硕果累累，被中华诗词论坛张驰先生称为“关东诗阵现象”“吉林诗词现象”，被周笃文先生誉为“关东铁军”。

关东诗阵的历任首版及版主，无偿做了大量工作。《关东诗阵·精华卷》，从2004年10月，到2018年3月，共有一百六十二卷，收录精华诗词曲一万零五百八十五首（篇）。其中，诗七千三百一十首，词三百一十六首，曲九十五首，赋四篇，楹联十五副。吉林省诗词建设成就斐然，与长白山诗社序列在吉林省政协有直接关系。三十多年前，中共吉林省委强晓初书记大力支持成立长白山诗社和省诗词学会，诗社有编制、有经费、有公开正式刊号。张岳琦主席等吉林省政协主要领导继续大力支持，使得吉林的诗词事业不断发展。

在近十一年由吉林人民出版社等出版的二十多本大型主题诗集中，有诗词三万多首，其中约有两万首是相对集中写长白山的诗词作品。这是长白山诗词流派的重要内容和代表作。采风所得的丰富作品与大家平时创作的作品，构成“长白山诗派丛书”的坚实基础。出版《会意天风合律鸣》等八本诗词专辑的中共吉林省委宣传部原常务副部长、省诗词学会副会长蒋力华同志，对长白山诗词创作取得的这些丰硕成果，由衷地高兴，指出：建设“诗域吉林”，已经初见成效。

三是，重在培养提高创作队伍。吉林省内多数市州县区，都有诗词组织和刊物。很多诗人都出版了自己的诗词专辑，有的出版过多本。白城“四匹狼”、德惠“三花一剑”、磐石“草堂八友”、“佟江七子”、“通化八拙”等，名传省外。李容艳、陈淑艳等诗友将关东诗阵每年一度的采风创作称之为“拉练”。每次“拉练”，关东诗阵都是主力。以《长白山池南撷韵》为例，本书作者来自全国二十三个省、市、区一百九十八人，其中，东北三省九十八人，占近百分之五十。在东北三省的九十八人中，吉林省八十一人，占百分之八十二点七。在中华诗词学会举办的六届

“华夏诗词奖”中，先后有邵红霞、奚晓琳、张文学获一等奖，翟志国、于德水、褚艳芳、寇彦龙、李红光、赵丽萍、李振平获二等奖，刘庆霖、陈旭、吴菲、边郁忠、张彦、于海凤、吴文昌、田子馥、宋轼霖、张英玉、张景芳、叶剑波、冯振江、房爱广获优秀奖。其他奖项吉林诗人就更多了。

被诗词界誉为“诗坛铁军”的这支队伍，招之即来，来之能咏。人民出版社出版的《呼唤》，中华诗词学会第四次会员代表大会的志贺诗《蟹岛唱和集》，近三年恭王府的《海棠雅集》，在很短的时间内，我在大家的支持下，均约提供了二分之一的作者、三分之二的作品。

四是，积极争取发展繁荣长白山文化、长白山诗词进入吉林全省工作决策中。根据我们的建议，长白山文化建设包括长白山诗词建设，陆续被写入省党代会报告、省委全会的决议和省政府、省政协的工作报告中，写入省委常委会、省政协的年度工作要点中，真正进入全省的工作决策。这是前所未有的重大转变，标志着长白山文化、长白山诗词建设，已经由研究层面，进入到实施层面，意义重大，影响深远。这一重大转变的时点，恰逢长白山得名一千周年之际。据《辽史》记载，辽圣宗统和三十年（1012年），“长白山三十部女直乞授爵秩”，并有“长白山女直国大王府”“鸭绿江女直大王府”之说。女直即女真，因为避辽兴宗耶律宗真之讳，辽改女真为女直。在长白山得名一千周年之际，吉林省政协于2012年6月27日，在省宾馆成功地举办了长白山文化发展论坛，机遇巧合，意义殊深。时任省政协主席、后为省长、现为省委书记的巴音朝鲁主持会议，时任全国政协副主席孙家正到会做重要讲话，省政协副主席任凤霞主持第二阶段论坛，省政协书画院院长、省诗词学会副会长蒋力华具体负责筹备这次长白山文化发展论坛。著名学者余秋雨先生和我发表主旨演讲。我的讲演的重要内容，就是阐述长白山文化是代表吉林文化的标志性符号，长白山诗词是长白山文化的精粹，介绍长白山诗词流派的重要成果。

五是，凭借网络、手机等现代传媒手段，开展全国联动唱和。吉林省诗词学会与中华诗词论坛合办关东诗阵。有了这个平台，堪称如虎添翼。正是利用这一平台，从2005年开始，我发起了贺春唱和。每年从腊月廿三“小年”开始，到次年正月十五结束，开展同韵贺春唱和，成为当代中华诗词的一道靓丽风景。2011年春节，由沈鹏、周笃文、张福有、张岳琦四家发起辛卯开岁联唱，在内地及港澳台地区引起了热烈反响，上万名诗歌爱好者上网参与，以祈福祖国、讴歌时代和歌唱生活为主题的联唱，为新春佳节增添了浓郁的中国传统文化气息。仅半个月时间，高筑吟楼八百九十九楼，点击一万三千多人次，参与唱和的诗人遍布内地三十一个省、市、自治区、直辖市和香港、澳门特别行政区以及台湾地区。这是2005年春节以来贺春的高潮，内地三十一个省、市、区和港、澳、台地区三百多位诗人参与和诗，共得同韵和诗三百八十三首，陕西旅游出版社出版了《辛卯开岁联唱集》，《人民日报》2011年11月22日做了报道。2011年，张岳琦主席的“先”韵和我的“芳”韵唱和，仅半月时间，有近千人参加，加上步四家联韵，三韵共收和诗一千二百三十首，盛况空前，史无前例。周笃文先生盛赞曰：“真昭代祥瑞也！”“功德无量！”

2012年春节，更是高潮迭起。初一漏夜，书坛泰斗沈鹏先生以手机发给我七律的首联。我即转给周笃文先生得续颔联，返我后又接成颈联发给张岳琦先生，足成一律。我将其发至网上，并提示诗友云：为客岁四家联唱之继响也，不啻当今吟坛又一雅事。

从2005年乙酉到2016年丙申，地支满一轮，历经十二年，得内地三十一个省、市、区一千二百四十多位诗人响应，共得贺春和诗四千二百多首。2016年，我们悉遵蒋力华君雅意，以《长白山诗词》2016年增刊形式，编辑出版了《春韵满神州——十二年贺春唱和集》，收录一千二百四十余位作者两千六百多首诗。2017年和2018年，又收到一千余首同韵和诗。每年春节的贺春活动，都迅即传播到很多网站。贺春主题帖成为全国诗词界目前吟楼最高（超千层）、人气最旺（过万点）的热帖。广大网友评价，网上和诗迎春，堪称一个创举。这些活动的成功，发起者因势利导，组织者既是诗人，同时又能亲自上网。张岳琦同志和周笃文先生每天都亲自上网看稿，发现情况，随时沟通协调。在和诗过一百首、二百首、三百首、五百首之后，我们相继依原韵作诗感谢诗友。春节期间，我每天都在网上工作十六个小时左右，一千多楼的跟帖，除极个别者外，每帖必回，好的给以鼓励，致以谢意；遇有出律的和需要修改的，提出意见和建议，有的还要反复多次才能定稿并不断编帖。讨论中，充分发扬学术民主，尊重作者意见。同时面对近千名作者，我都通过论坛短信、电子邮箱和手机，及时掌握作者的姓名、地址、邮编、电话，建立通讯录，出书后，给作者寄书。

大量艰苦细致的工作，赢得了广大诗友的敬意和感佩。2011年春节，安徽诗人胡宁在回帖中写道："什么叫精气神？什么叫凝聚力？"张岳琦先生在给我的短信中写道："联句唱和，蔚为壮观。此乃今年诗坛特有的盛事！工作浩繁，完全是奉献。"周笃文先生称赞道："开岁诗联唱活动形成了一种新的网络文化现象，在互联网飞速发展并影响着人们生活的今天，还有这么一群诗歌爱好者拥有着健康向上浪漫诗意的过年方式，堪称诗坛铁军，真是奇迹！"并致信于我："爱兄之骆驼精神，诗坛殆罕其匹也！"周笃文先生欣慰地说："这次活动还是一次成功的探索，它激活传统，继雅开新；网络诗文，表现当代。"

每年网上贺春结束后，我都在蒋力华的支持下，选二三十首精品佳作转给《吉林日报》刊发，《长白山诗词》也选发百八十首，做到网刊互动。

2018年的贺春活动，共收到和诗四百五十多首。《长白山日报》以三个版的篇幅，刊发一百五十首。《协商新报》刊发五十首，《城市晚报》刊发三十六首，《长白山诗词》第3期刊发一百二十首。

六是，创立新词牌，精心创作继雅开新的标志性作品。马凯先生提出“求正容变”，周笃文先生提出“继雅开新”，深有见地。就此，我们做了一些探索。

（一）规范《纪辽东》词谱，三年多全国有二十八个省、市、区三百多位诗人创作《纪辽东》四千多首。隋炀帝，即杨广（569—618），首创《纪辽东》，堪称不朽。大业八年（612年），隋炀帝伐高句丽，渡辽水，大战于东岸，并作《纪辽东》。其中“轻歌凯捷丸都水”句，“丸都水”在《全汉三国晋南北朝诗》《隋书》和《奉天通志》中均作“九都水”，乃误。我在辑笺《长白山诗词选》时将其订正为“丸都水”。“丸都”，系高句丽都城国内城的守备城——丸都山城，在今吉林省集安市城西北二点五公里处。而九都，于历史、地理等方面均不确。“丸都水”，确指应为丸都山城下的通沟河。通沟，亦称豆谷、洞沟。1998年9月8日，时任中华诗词学会副会长兼秘书长周笃文先生指出，根据任半塘先生的论断，隋炀帝和王胄的《纪辽东》，当是词的源头。之后，周笃文先生还给我转来任半塘先生论及曲辞起源应始自隋代之大札，征引旁博，确凿不移。任半塘先生的论断是可信的。宋词源于唐曲子，唐曲子自燕乐出，实始于隋。这就将词起源于晚唐、中唐之说，又向前推进了。宋人郭茂倩明确指出：“《纪辽东》，隋炀帝所作也。”即录以冠“近代曲辞”。龙沐勋肯定《纪辽东》“为倚声制词之祖”，“为词体之所托始”，这应当是不争之定说。隋炀帝的《纪辽东》，传到敦煌莫高窟中，以《求因果》为名，有四十五首。之后，两宋、金、明、清历代，都不乏类似《纪辽东》的词作，只是调以《武陵春》《贺圣朝》《导引》《祝英台》《双头莲令》《隔溪梅引》《阮郎归》变格等别名。这些词牌及作品与《求因果》《纪辽东》在体式上的联系在于“七五为章”，上下两片，四十八个字；差异在于平仄、韵脚变化增多且不换韵。词之源头，是隋炀帝的《纪辽东》。《纪辽东》，开长白山诗词之先河。词的源头能与世界文化遗产吉林集安之丸都山城乃至长白山文化相连，实为中华诗词发展史上之佳趣，更是长白山文化、长白山诗词、集安文苑中不可多得之瑰宝。2009年秋，我借《江源毓秀》创作之机，依隋词体格，作七言五言，双调联章，边创作边作规范平仄与用韵。以七律格式为底本，对于五言句，减偶数句七言句前二字。共得四种格式，就首句末二字论，有平平脚、仄平脚、平仄脚、仄仄脚四种，兼有些许变化。平仄粘对同律，词性不用对仗。仄平脚句要防孤平，可用拗救。此外，一三五不论，二四六分明。平收，均用平韵。仄收，同韵部叶仄，也可不叶。拙文在《长白山诗词》2009年第6期和“中华诗词论坛·关东诗阵”发出之后，立即得到周笃文先生的鼎力支持，挤出宝贵时间惠赐《贺〈纪辽东〉词谱问世寄张福有并序》，誉之为：“《纪辽东》词谱得福有兄悉心整理，厘定四格并亲制六组二十四阕，以为发凡起例。此大功德也，堪称不负平生之名山事业。”《中华诗词》2010年第8期，刊登了拙文《规范词谱传承〈纪辽东〉》。2010年9月25日，我在全国第二十四届（浙江乐清）中华诗词暨夏承焘、吴鹭山学术研讨会上宣读了《规范词谱传承〈纪辽东〉》的论文，此后，又上来一些作品。至此，可以说我们传承《纪辽东》的初衷完全得以实现。2011年4月，吉林人民出版社出版的《纪辽东》专辑，收录《纪辽东》一千八百一十五首。当隋炀帝初征高句丽、创作《纪辽东》一千四百周年之际，《纪辽东》突破四千首。仅蒋力华一人，就创作《纪辽东》四百多首，出版《纪辽东》专辑《天风直引大荒边》。李容艳以刘建封与拙斋的六十首《白山纪咏》为题材，一气呵成专题纪咏《纪辽东》六十首。繁荣《纪辽东》，以慰先贤，期启后世，已成现实。

（二）张文学创《玉甸凉》词体。《纪辽东》是整理古词，规范词谱所得。纯属吉林诗人自创词谱，近年有《玉甸凉》《一剪梅引》《海龙吟》。2007年，吉林省诗词学会副会长张文学先生草创《玉甸凉》，当时自度一曲，因词中有“玉甸生凉”，长春女诗人吴菲建议以《玉甸凉》名之。温瑞等整理了《玉甸凉》词谱，遂得一百九十四首《玉甸凉》作品。后来得知《新修康熙词谱》中有《玉簟凉》，音同意别格异，乃一趣也。

（三）赵光泽自度词，我帮其修改并制《一剪梅引》词谱，得佳作二百八十多首。2010年7月23日，我们与通化市诗词学会和辉南县诗词学会共同组织了“当代诗人咏辉南”采风创作活动。辉南县诗词学会会长赵光泽等自度一曲《辉发怀古》，在括号中标明：“自度，无名，请养根斋斧正赐谱为盼。”初稿共十句，一百零四字。我当时正在图们市参加“图们江文化研讨会”，起早试改并制谱。这个谱十分好记，就是将《一剪梅》在七字句前加一相对的七言律句，并作为一片。再重复一片，即为全词。叠韵处，可以不用叠韵，而选用“红了樱桃，绿了芭蕉”式的对偶韵句。但韵脚过密会给创作增加难度。第一个四字句不押韵亦可，如“燕子回时，独上西楼”。通过网上讨论，温瑞整理了六式词谱，迅即掀起创作热潮，辉南采风期间，创作三百多首《一剪梅引》，《当代诗人咏辉南》一书中选编二百二十多首。2010年，在侯振和先生建议下，又收到《一剪梅引》近百首，《图们江放歌》一书中选编六十六首。这两部诗集所收三百首《一剪梅引》，多为精品。

（四）我创《海龙吟》词谱，出版专辑。2012年夏日，为商定梅河口采风暨中华诗词论坛成立十周年事，我三下梅河口。市政协及市诗词学会遵市委领导同志意见，高度重视，精心设计，诸多要项、细节，日渐清晰。王志明兄提示，江源采风，《纪辽东》兴；辉南与图们采风，《一剪梅引》新牌创立得获颇丰。梅河口采风，亦应有所标记。李延平录白万金考乾隆诗《海兰河屯有序》予拙斋，得知“海兰霍吞”即“海兰河屯”。此地多生榆树，故民间称为榆城。遂认同“海龙”当为“海兰”之异写。读罢取其题与序中“海”字、诗文中“龙”字，亦恰合梅河口市旧名海龙县，又近词牌《水龙吟》，故作《海龙吟》，双调小令，四十二字，四仄韵，上下片六言句，宜用对仗。结，五字句，宜去声一字领，上一下四。

主要句式，从《水龙吟》中析出，求其简便。有了词谱，我先抛砖，率作二十六首《海龙吟》。梅河口采风期间，共收到《海龙吟》一千五百多首，选编一千二百三十四首，在吉林人民出版社出版了《海龙吟》专辑。

长白山文化是古老的，长白山诗词的传承是全新的。我们比较注意防止对长白山文化、长白山诗词的误解与误导。针对“东陲无文”“长白山没有文化”之类的片面认识，多做一些说明和介绍。特别是利用我们在考古田野调查中的新发现，深化对东北史和长白山区开发史、长白山诗词发展史的研究。

2014年10月20日8时31分，我在抚松发现枫林遗址和长白山手斧。手斧是打制的，是旧石器概念。据吉林大学教授、中国考古学会旧石器专业委员会副主任陈全家先生鉴定，长白山手斧距今约五万年，石斧是磨制的，是新石器概念。手斧是人类第一次懂得对称美、掌握对称艺术制成的生产劳动工具。2015年7月7日下午4时29分，我在抚松漫江发现长白山石磬，后经专家鉴定，将其定名为“长白山石磬1号”，一磬双音，小三度，应是新石器时代的打击乐器。原始人的诗性思维，与长白山人的诗意创造，在一开始就浑然一体！因而，诗意长白，是长白山人伟大的历史创举和不朽杰作。长白山手斧与长白山石磬，本身就是绝妙的史前诗。

我们今天所用“长白山诗派”这个概念，有其特定的含义。长白山雄伟壮丽的自然景观，是诗词创作的不竭源泉；深厚的历史文化底蕴，是诗词创作的牢固根基；反映长白山文化建设的成果，是诗词创作的重要题材；保护长白山生态、发展长白山文化产业的需求，是诗词创作的持久动力。这些方面，是对长白山诗派的直观诠释和诗意表达。

近些年来，我们在长白县发现战国时赵国的积坛，连同此前曾在长白县八道沟发现赵国蔺相如的青铜戈，考证在集安阳岔发现的赵国阳安君李跻的青铜短剑，在集安的良民发现公元247年东川王所筑高句丽的第一个平壤城，考证辽源龙首山城一带是扶余的后期王城，燕秦汉长城到了吉林境内，《史记》中的“筑障塞”，《汉书》中的“起营塞”，通化平岗山祭坛和敦化官地岗子遗址、岗子类型的全新发现，为寻找燕赵文化东进、汉代郡县和史书中的挹娄、靺鞨白山部及渤海国东牟山，开拓了全新的视野。考古田野调查为长白山文化研究和长白山诗词创作，提出了很多新课题。围绕这些新发现，诗人写了很多诗词，经常在《长白山诗词》上发专栏，在“关东诗阵文库”中建专题。通过诗词创作，积累以诗证史的资料，进而认清这些新发现和新研究成果的重大历史文化价值，这对于正确揭示长白山地区的开发史、提升东北文化软实力，具有重要意义。

所谓长白山诗词，是指描写长白山景物与风土人情的旧体诗词。古今中外，有关长白山的诗词是大量的。长白山诗派的成果，是诗意长白的创作载体和诗化结晶。

长白山诗词流派是历史形成的。从唐宋到辽金，从元明到清，特别是有清一代，长白山诗词十分丰富。纳兰性德，祖籍四平叶赫，其词被称为“北宋以来，一人而已”。著有《东海渔歌》的清代女词家顾春，祖籍汪清，其祖父鄂昌是雍正朝权臣大学士鄂尔太之侄，词名远播。二人被誉“男有成容若，女有太清春”，这二人堪称长白山诗词流派的重要代表。《白山诗介》是乾隆、嘉庆年间由铁保编纂的诗集，共十卷。清代，八旗文人把诗词作品辑成总集，均在题目上冠以“白山”二字。除《白山诗介》外，还有三部：雍正年间由伊福纳编纂的《白山诗钞》，四十余卷；乾隆初由卓其图编纂的《白山诗存》（卷数未清）；光绪、宣统之际，由杨钟羲编纂的《白山词介》五卷。这些汇辑满族诗人的诗词集，均用“白山”来冠名，已经被称为“白山文学流派”。还有《白山诗草》，程渲著。还有《长白山诗》，作者均为满洲已故之人。铁保编著《熙朝雅颂集》的前半部，全是白山诗选。《大东景运集》亦为铁保所辑，收近二百家满族诗人作品，分立小传，标明诗之源流。还有流放宁古塔的清代流人诗，多有佳作、力作。惜目前所见对于清诗流派的研究专著，无涉长白诗派。对于当代长白山诗词，有的研究专著也未置一词，不免遗憾。

长白山诗派，是从历史上白山文学流派中析出之一支。长白山诗词作品的风格，向以“拙、重、大”为标志。王寂在金朝鼎盛时期，以诗词考得进士，以文章政事显称于世。其诗诸如“按辔澄清须我辈，据鞍矍铄奈吾身”，不掩舍我其谁之志；“只凭忠信行蛮貊，岂有文章动鬼神”，毫无委曲求全之音。其诗文清刻镵露，博大疏放，是金代“国朝文派”的代表性人物，其特征是具有“质朴贞刚”的文化气质。此论堪称定评。这一“质朴贞刚”的文化气质，到有清一代，大家林立。吴兆骞的“长白雄东北，嵯峨俯塞州”，“白雪横千嶂，青天泻二流”，沈承瑞的“龙形蟠大野，云气撼沧溟”，“混同天一色，长白雪千堆”，“吉林三杰”翘楚成多禄的“断垒十重摇树色，大江三面走秋声。老来别有兴亡感，不向西风诉不平”均堪称代表作。这类作品，铿锵有力，远胜咿呀软语。今人张文学的“纵使八千岁，也入大荒东”“乔岳巍巍何太白，披甲傲苍穹”“湛湛天池清虚砚，愿将吾、砚尽俱成墨。大写意，忘情泼”，毫无酸腐气，脍炙人口。他的《水调歌头》《金缕曲》，皆以豪放著称，首首俱佳，几乎成品牌。古往今来的一大批诗人、一大批作品，均可列出一大批佳作。加之状写长白山土产、风情、史典、田园的诗、词、曲，乾隆以降，代不乏人，迄今可举黄龙府刘庆霖、东辽温瑞、边台聂德祥以及丸都、梅津、柳河、大东、公主岭乃至辽海、黑水等诸家例证。

不难看出，从金代的“国朝文派”到清代的“白山学派”，逮至今之长白山诗派，一脉相承。长白山诗派，是从历史上的“国朝文派”“白山学派”延续而来的，还将继续发展，不断壮大、完善。

对于长白山诗派，近年来陆续有一些研究论文发表：

蒋力华：《研究长白山文化　弘扬长白山精神》，《社会科学战线》1994年第6期。

张福有：《诗吟长白二千年》，《学问》2001年第1期。

张福有：《长白山诗词探源》，《学问》2001年第6期。

张福有：《试论长白山诗词及其流派》，《学问·东北史地》2004年第11期。

张福有：《长白山文化述要》，《长白学刊》2007年第5期。

赵丽萍：《解读长白山文化的恢宏卷帙——关于〈百年苦旅〉话题》，2012年5月10日《吉林日报》；《韵补东荒》，吉林文史出版社，2018年3月出版。

李容艳：《长白山诗词流派的重要使命》，2012年8月16日《吉林日报》。

王景珍：《日益壮大的长白山诗词流派》，2012年9月13日《吉林日报》。

张英玉：《试谈〈纪辽东〉对长白山诗歌流派的传承意义》，2012年11月1日，《吉林省第七次长白山文化研讨会论文集》。

贾维姝：《从长白山诗词流派看长白山文化的包容性》，2012年11月1日，《吉林省第七次长白山文化研讨会论文集》。

赵凌坤：《长白山诗词流派对长白山文化的历史贡献》，2012年11月1日，《吉林省第七次长白山文化研讨会论文集》。

王丽珠：《长白山文化的核心价值》，2012年11月8日《吉林日报》。

沈鹏云：《长白山诗词：长白山文化的精粹》，2012年12月13日《吉林日报》。

张福有：《长白山诗词流派建设刍议》，《中华诗词》2014年第7期。

黄春华：《长白山诗词述论》，《社会科学战线》2015年第6期；《韵补东荒》，吉林文史出版社，2018年3月出版。

这套“长白山诗派丛书”，先由吉林省长白山文化研究会申请了“吉林省扶持优秀文艺作品专项资金”。这是贯彻落实《长白山文化建设规划纲要》和中共吉林省委长白山文化建设工作会议精神的一项实际措施。编辑出版“长白山诗派丛书”，旨在落实习近平新时代中国特色社会主义思想，加强长白山诗词流派建设，传承长白山文化，以诗词的形式弘扬长白山精神，巩固改革开放和文化建设的成果，增强文化自信，增强长白山文化与长白山诗词的生命力、影响力和感染力，以诗纪事，以诗化人，以诗证史，增加学术储备，提升国家和东北边疆软实力。

“长白山诗派丛书”的基本选题，主要围绕：史迹寻踪，关于写东北历史文化、历史事件、文物古迹、已故人物、英烈事迹等作品；情系山河，关于写东北山水、自然风光、冰雪雾凇等作品，酌收向海鹤、东北虎等自然物产作品；城乡焕彩，关于写东北城市建设、工商事业、新兴产业、农村建设、田园风光等作品；风土弥淳，关于东北风土民情、风俗习惯、民间文化等作品。包括松花石、梅花鹿等咏物作品，酌收日常生活、咏物作品；吟旅扬旌，关于长白山文化建设、关东诗阵、诗事活动、诗乡创建、诗友酬唱等作品。

“长白山诗派丛书”的体量，每本收录作品五百至一千五百首不等，视不同作者情况，可上下浮动。数量服从内容的质量。

在编排上，予以灵活处理，由作者自定。可以分类、分词牌等，也可以按时间顺序，亦可分类后仍以时间为序。丛书有总序、总跋，亦可有个序、后记。

在数量上和入选人员上，开始考虑按长白山天池、松花江、鸭绿江、图们江及牡丹江、浑江、东辽河、嫩江等为脉络，列出各水系的三百位诗人。每人一卷，计三百卷。这样做，诗派如流，形象直观。但因进度不一，难以操作。后来，协助时代文艺出版社向中共吉林省委宣传部申报了文化产业专项基金，2018年先出三十卷，以后视情况续出，争取出版一百卷。

编辑、出版“长白山诗派丛书”，前无古人，纯属开创先河。2018年3月15日，我们在吉林省政协同馨宾馆召开了在长会长（扩大）会议，决定正式启动“长白山诗派丛书”编辑工作，成立了编委会，仅在二十天中，就交齐第一批书稿。全部书稿，在6月底前交完，2019年出书。

2017年1月6日，习近平总书记在十八届中央纪委第七次全会上的重要讲话中指出，“依靠文化自信坚定理想信念”，“以文化自信支撑政治定力”。文化自信是文化定力和支撑力的基础。人生和社会，都不能以搞笑为支撑。宋人张耒写过：“支撑诽笑中，久乃化而靡。”至今读来，仍发人深省。文化支撑力是生命的灵魂。我国优秀的传统文化，培育和造就了历代知识分子自强不息的支撑力精神。唐诗中有牛僧孺的“地祇愁垫压，鳌足困支撑”诗句，宋词中有姚勉的“信天生英杰，正为国计；擎天著柱，要自支撑”的词句，元曲中有汪元亨的“梅出脱林逋，菊支撑陶令，鱼成就严陵”的曲句。这种支撑力精神，给我们以极大的鞭策。拙句中有“奥壤不咸名大东，支撑引领构时空”等。蒋力华君亦有“白发山中飘雪，崎岖健足支撑”的词句。时代虽不同，但这种崇尚自重自强、自力自撑的人文精神，是一脉相承的。诗意长白、诗梦长白、诗魂长白的支撑力精神，是一以贯之的。这是真正的洪荒之力！

长白山诗派所面对的，是长白山诗词的昨天、今天和明天。长白山诗派的昨天，应是刘建封所咏：“走过大荒三百里，居然此处有桃源。”长白山诗派的今天，许是拙斋所咏：“浪花不废难淘尽，始信东陲有奥文。”长白山诗派的明天，或是沈兆禔所咏：“莫谓鸡林少竹枝，才人塞上补新词。”

墨西哥人马里奥·谢赫楠有名言：“我们终于有机会面对神秘的过去，仿佛是进入梦一样的境界，一片需要我们去发掘、诠释、赞美和加以保护的活化石。”阿根廷女诗人阿方斯娜·斯托尔妮有名言：“我感到，陌生人，在你的存在里，我被延长。”叙利亚诗人阿多尼斯有名言：

“没有诗的未来是不值得期待的。”从这些来自域外的警言中，我们可获启迪。

今年是公元2018年。从今回溯两千年，是公元18年。《长白山诗词选》中第一位有确切作者名字的诗人是高句丽第二代王琉璃明王类利。他于公元18年辞世，至今正好两千年。类利所作《黄鸟歌》：“翩翩黄鸟，雌雄相依。念我之独，谁其与归。”完全是《诗经》风格的四言诗。这首诗，写于公元前17年，距今已二千零三十五年了。《黄鸟歌》能传下来，堪称奇迹！公元245年，亲征高句丽第十一代王东川王的三国魏将毌丘俭，班师后只写了两句诗《之辽东》：“忧责重山岳，谁能为我檐？”这里的“檐”，是“擔”即“担”。距今一千七百七十三年。收录本丛书的拙卷，约一千五百首诗词中，有四十六首含“忧责”一词，出现频率极高，不少诗友也都随我用过“忧责”一词。概因“忧责”一词被毌丘俭用过后，《后汉书》《晋书》等不时出现，这个古老的词汇并未消亡，表示“沉重的担子和责任”的“忧责”，已经成为长白山诗派中的一个标志性词汇，有其特殊意义。一千四百零六年前，隋炀帝作《纪辽东》，写道：“轻歌凯捷丸都水，归宴洛阳宫。”一千三百七十三年前，唐太宗李世民作《辽城望月》，写道：“驻跸俯丸都，停观妖氛灭。”丸都，是我的故乡。读着写故乡的古典诗词，怎能不动情？从今回溯一千二百五十六年前的公元762年，是诗仙李白辞世之年。李白的《高句丽》《送王孝廉觐省》，成为长白山诗词中的瑰宝。苏东坡的“人参”，陆游的“鸭绿江”，张元幹的“山拥鸡林，江澄鸭绿”，距今均在八九百年之间。从今回溯一千年，是公元1018年。当年，柳永三十八岁。他在《点绛唇·伤感》中写道：“辽鹤归来，故乡多少伤心地。”“辽鹤”，是长白山诗词中的著名典故。至今读来，倍感亲切。故乡情结，古今一也。陆游在诗中所写：“生计且支撑，小康何敢望？”如今，在习近平新时代中国特色社会主义思想指引下，全国全面决胜小康，胜利在即，我们怎能不心潮澎湃！

两千年啊，多么漫长！

两千年啊，又是多么短暂！

在类利、毌丘俭、隋炀帝、唐太宗、李白、柳永、苏东坡、陆游、张元幹、王寂、赵秉文、朱元璋、康熙、乾隆、吴兆骞、吴大澂等诸多先贤的眼里，我辈皆属陌生人。可是，对他们和他们的杰作，我们却并不陌生。所以，今天的诗词，有很多是留给我们的陌生人的。“一百卷前无处找，二千年后有人搜。”“忧责不期当世解，祸患为免后人罹。”对此，我坚信不疑。

文化自信，是一个国家和民族的“魂”与“根”。学诗、写诗，有助于把魂定稳、把根留住。昨天是神秘的。今天是需要很好把握的。明天是值得期待的。愿我们在不懈努力的拼搏奋斗中，使我们所创作的诗词如同长白山的山水林田、沙石草木一样，一起留给未来、留给陌生人。让我们共同期待吧！

“长白山诗派丛书”总序赘语

鸡林得韵纪春秋，底事山翁退不休。
一百卷前无处找，二千年后有人搜。
钻研词谱承杨广，细辨江声禀陆游。
诗境涵生长白梦，草根也为子孙留。

張福有

2018年5月17日于长春养根斋

自　　序

这里收集的是我20世纪80年代以来的部分诗词赋作品。其中有些在中华诗词学会编印的由中国文联出版社出版的《岁月拾韵》中收录过，还有些曾在《中华诗词》《中华辞赋》《长白山诗词》《关东诗阵》陆续发表。我还写过少量新诗，这次没有收入。

诗词都是按格律创作，诗依诗韵，词依词韵。格律的基本规则，例如平仄、对仗，要“对”，要“粘”，不能犯“孤平”等，过去科举考试都依之判卷。应该重视。除此之外，现代有人又增加了许多新的戒律，这不可，那不许，都是一家之言，个人口味，不是必须遵守的。我认为主要精力应放在诗词的内容上，思考如何把景、情、理，融会好，表达好。这是很不容易的。

作品坚持正能量是原则问题。诗词作为最凝练的高级文学形式，又不能口号化。所以必须注入真挚感情，喜怒哀乐都会有。但不能宣泄消极情绪，不应产生负能量。孔子主张“乐而不淫，哀而不伤”。关键是怎样把握好这个度。

我选的这些作品是按时间排序的。不同时期，阅历、认知、心情都有变化，这在诗词中会有反映。诗集就像日记。我有时为了回忆过去的某件事、某种经历，会想到去查看当时写的诗词，觉得甚至比查日记或笔记还方便。

在省委宣传部的支持下，吉林省诗词学会等组织了这次“长白山诗派丛书”的出版。张福有等同志做了大量工作。能赶上这次东风，实是幸事。在此表示诚挚的谢意。

张岳琦

2019年3月27日

目　录

记　忆

峥嵘往事去如烟，回首朦胧尽缈然。
说与旁人浑不解，存留点滴纪华年。

1983年3月18日

仲　秋　夜

夜深开户望婵娟，万里无云月满园。
阵觉幽香花喜放，时闻啼唤鸟惊喧。
迢迢银汉几经渡，点点疏星寂不言。
暂把尘嚣置身外，广寒神往桂英繁。

1983年9月27日

览南昆山胜景

昆仑岭南见，日止此山前。
绝嶂悬飞瀑，清溪鸣玉弦。
时时花扑面，处处树参天。
建设添新业，农家貌焕然。

1983年12月11日

【注】

南昆山使人联想到它似乎是岭南的昆仑山。北回归线从这里经过，所以太阳的垂直照射线到这里为止，然后就返回赤道方向。

访山区专业户

篱外山桃早放花，密林深处有人家。
犬惊生客追车吠，鸡觅蛾虫呼伴哗。
稻米归仓满为患，柑橙遍野绿无涯。
休云僻壤人穷苦，幸福而今交口夸。

1983年12月11日

【注】

诗中反映的是改革开放初期山区的情况。

在吉林博物馆看陨石

遨游宇宙亿千年，无际无涯无挂牵。
万劫历经寒与火，一身铸就劲而坚。
太空渺渺何终始，人事区区属偶然。
呼啸燃烧飞碧落，奇光异彩照坤乾。

1990年11月9日

春　信

古城杨柳耐霜寒，默默空枝向暮天。
隐见枯条微透绿，望春苦候又经年。

1991年3月7日

三　月

三月春城未见春，晴阳当午亦无温。
雪残冰化寒犹烈，踽踽风中欲断魂。

1991年3月13日

雪　晨

夜来飞雪寂无音，推户惊看世界新。
枯木俨然成玉树，条条巷陌尽绝尘。

1991年3月19日

霜　林

霜林默默仍如旧，人事茫茫已半非。
突变风云尽成昨，恍如隔世讶重归。

1991年10月11日

漓　江

碧山秀水雨丝丝，薄雾轻烟婉婉姿。
如梦如诗自流去，浮沉激荡不须知。

1991年11月7日

临江仙 · 游旧地

犹忆海棠繁似锦，
春波碧树微风。
岛亭闲步叶香浓。
归鸦噪日暮，
勤奋夜灯红。

突变风云来似梦，
回看往事迷蒙。
盛衰常系偶然中。
沧桑多少事，
岁月去匆匆。

1992年1月8日

春节临近有感

边城飞雪冷，风叫似悲歌。
劳碌尽馀力，知闻靠电波。
激情逐日少，老病越年多。
忽报新春至，红棉开几何。

1992年1月24日

【注】

最后一句是遥想曾工作过的远方。

又见桃花

逾冬桃李又萌花，一震春雷润雨斜。
静处偶闻冰坼裂，南风渐劲暖千家。

1992年3月22日

忆江南

三年后，
党校又重来。
昔日同窗谁尚在？
几多旧事未忘怀，
仍见杏花开。

1992年3月27日

雨路秋山

天愁云泣千丝雨，露染霜涂五彩峦。
犹见野花凄笑美，人间草木感秋寒。

1992年9月24日

气　候

霜寒岁尾最无情，败叶残花坠满庭。
大树参天任强傲，朔风一夜尽凋零。

1992年11月13日

望　海　市

蓬山欲到本非难，仙境原存心意间。
海市蜃楼因妄幻，万人翘首望洋湾。

1993年5月13日

松花湖畔遇雨

松花湖上雨，烟雾逐风行。
船过两三点，莺啼四五声。
晓来人竟杳，昨夜梦犹清。
山远若眉黛，蹙然如有情。

1993年6月24日

夜宿净月潭

青山展绿到窗前，野鸟欢鸣入翠峦。
闪烁湖光帆影动，苍凉钟鼓晚霞残。

1994年8月30日

访朝过集安

鸟声幽且婉，山色绿和丹。
塞北江南地，人言数集安。

1994年9月18日

板　门　店

东西世界两排邻，南北江山一壁分。
四十余年长对峙，是非功过说纷纭。

1994年9月28日

【注】

板门店供参观的是一间房子。朝鲜战争停战谈判时双方人员用的两排桌椅还在。房子中间的一道墙就是国界。

夜宿长白山上

夜闻湍濑如琴鼓，时有强风欲毁庐。
晓见峰峦俱裹素，无垠琼玉没山途。

1994年10月3日

长白山记胜

白山虽僻远，胜景在人心。
袅袅美女树，茫茫原始林。
雪峰千古画，瀑布万年琴。
不见天池水，平生一憾深。

1994年10月3日

【注】

邓小平到长白山时曾说：如果不看长白山天池，是终生遗憾。

访滑铁卢城

岂唯胜负论英雄？滑铁卢城草木葱。
小镇游人今不断，皆因败者慕其名。

1997年1月21日

【注】

滑铁卢，比利时小城。1815年6月，一生几乎未打过败仗的拿破仑在此战败。借失败者的影响而名扬世界，此城也。

山野遇桃花

细雨微风皱满池，映春桃李艳参差。
向阳之树花先绽，山后开迟谢也迟。

1997年4月29日

偶　感

苦难兴衰古未休，江山留与后人愁。
道通青史越千载，情满红尘泛五洲。

1997年5月27日

【注】

兴亡更替永不停止，只有规律和情感是跨越时空的。套用一首宋诗的形式有感而发。

青　檀　赞

幽谷悬崖峭壁间，昂然有树乃青檀。
安贫忍瘠枝尤劲，裂石穿岩根不残。
决以顽强求适应，总能绝处克艰难。
经风经雨千年耐，丽影疏疏涧水寒。

1998年2月17日

【注】

青檀，生于极贫瘠处，甚或破石而出，树龄有逾千年者，实乃生命之赞歌。

政协会上遇故人

初来政协百思新，所见熟人多老人。
经验积成仍有用，宝刀未老莫封尘。
繁华自是随炎夏，淡寞弥宜赏晚春。
力壮身强前日事，尚存阅历与精神。

1998年3月2日

六 十 有 感

惊临新岁作耆翁，回首烟云一瞬中。
黑水白山塞北雪，红棉碧海岭南风。
与人为善不图报，做事以诚恒望工。
曾感琼楼高处冷，沧桑历后愈明通。

1998年3月3日

【注】

颔联讲个人经历，讲工作过的地方。颈联讲一直坚持的处世态度。

春日偶感

花自芳菲草自柔，冰融雪化百川流。
莫评蝶懒蜂勤事，物道天成不自由。

1998年3月6日

【注】

有西方格言说：“蜜蜂也许并不如我们想象的那样勤劳，它们只是无法放慢嗡鸣的频率而已。”

大观园

花倦柳眠风软软，院闲人静日沉沉。
凝思追往何须叹，逝去悲欢无处寻。

1998年3月7日

【注】

有仿《红楼梦》大观园景点，访时游人很少。

驰思

经艰越险万千重，回首迷茫雨与风。
往日峥嵘惊已远，新诗赋罢意犹浓。

1998年5月3日

山海关怀古

连山接海古关雄，未抵清兵气似虹。
嘉定三屠尸遍野，扬州十日血腥风。
痛心疾首遗民泪，破釜沉舟志士功。
但若当时不相犯，中华疆域至斯终。

1998年6月19日

【注】

当年清兵进关，引起尖锐的民族冲突。可现在看来，如果清朝不入主中原，满足于在关外建立自己的国家，腐败衰弱的明朝又不可能统一东北，那么中国的疆域也许就到山海关为止了。历史上有些事，是福是祸，往往要几百年之后才能看清楚。嘉定三屠、扬州十日，都是清军屠城的历史事件。

观京剧《霸王别姬》有感

四面楚歌寒夜昏，拔山盖世倏如尘。
兴亡总觉突然到，成败原来早有因。

1998年6月25日

【注】

这是慨叹兴亡的诗，说的是这样一种现象：历史上一些巨大的政治军事集团，一些庞大的国家和王朝，如亚历山大帝国、秦王朝、前苏联等，看似强大无比，不可撼动，但却顷刻瓦解，使人总觉得这一切是突然发生的。其实，深刻的内因外因早已存在。项羽的失败也算一个例子。“力拔山兮气盖世”，乃项羽自诩。

雨 后 偶 感

远山渺渺罩晴岚，珠洒蔷薇蕊暗含。
日少晴明心不适，夜多风雨梦难酣。
欠圆满事有千百，可卒读书无二三。
自逝韶光何必叹，望云纵目雁飞南。

1998年8月4日

一剪梅·抗洪

巨浪滔天水似横，
一片汪洋，万马奔腾。
咆哮汹涌若雷霆，
动魄惊心，树倒楼倾。

千万军民争请缨，
死守强防，众志成城。
风狂雨暴战难停，
化险为夷，奇迹凭生。

1998年8月18日

【注】

水似横：写大江不再顺流，好像忽然横过来了似的，波涛横流，发洪水时的一种特别感觉。

采桑子

一年最是秋光好，
云静天澄，
水秀风轻，
随处山花野鸟鸣。

人生乐事嘉朋会，
相聚山城，
都是贤名，
更有诗篇壮远行。

1998年9月22日

【注】

赴白山市参加长白山文化研讨会，有一些熟悉的文化名人出席会议。

又见花城

重游故地华年忆，又值初冬到岭南。
大道条条今更畅，风光历历旧曾谙。
赋诗苦索有八九，得句差强无二三。
素喜羊城花似锦，夜来频雨梦犹酣。

1998年10月4日

【注】

当年调广东工作，赴任时正值初冬。这次是离开十年以后重游旧地。以写诗比喻工作和生活，觉得虽然苦苦努力，但满意的成绩不多。

记长白山游

红叶如霞耐冷侵，巧妆长白雾中岑。
喧哗溪水概因浅，平静天池莫测深。
步入迷茫寻达路，赋成险句赏知音。
风高雨疾登游倦，邀友开樽话共斟。

1998年12月26日

【注】

山溪终日喧哗是因为水浅，天池平静是因为它水深莫测。从长白山实景，想到一些哲理。

京城三月即事

三月桃花盛若云，迎风笑展不沾尘。
旧书再读生新意，好友重逢话故人。
烦闷偷闲玩电脑，艰难办事费精神。
悄然一夜听春雨，晓看窗前嫩柳伸。

1999年4月6日

【注】

赴京为吉林省办事有感。

又到京西宾馆

华发添时故苑游，斜阳依旧落花稠。
几番要会惊全国，多少名人过此楼。
老树更高枝越榭，少姝已壮鬓临秋。
闲庭信步难常有，默默韶光似水流。

1999年6月28日

【注】

"要会"指重要会议。发动"文革"的许多会议，结束"文革"的若干会议，包括历史性的十一届三中全会，都是在这里召开的。多年后重来这里，又在宾馆后院散步，发现树长高了，原来的女服务员也变老了。

再登长白山

林海远望无际涯，盘旋险径踏烟霞。
白云生处见青草，积雪旁边有紫花。
生命顽强凌绝地，自然奥妙展精华。
罡风犀利巅峰冷，从善如登苦亦嘉。

1999年7月19日

【注】

多次登长白山，感受和观察点总有不同。这首诗着重写了白云缭绕的高山上的片片青草，积雪旁边仍能盛开的紫色野菊，赞生命之顽强。

悼 友 人

英年早逝泪为流，劳碌毕生勤似牛。
已是临危遭病苦，犹叮保重替人谋。
三分气在千般用，一旦无常万事休。
功炳哀荣应可慰，满园硕果正金秋。

1999年9月22日

【注】

此为悼念一位病重的省长而作。他在垂危之际，还反复叮嘱别人，身体最重要，一定要保重啊。此人为他工作的省做了大量开拓性工作，引进了许多建设项目和资金。

国庆五十周年有感

风雨迢迢五十冬，红旗永立耀长空。
强权无奈神州健，内乱有终华运隆。
好事多磨仍好事，英雄板荡愈英雄。
云开雾散山河壮，似锦前程在望中。

1999年9月22日

【注】

内乱，指“文革”。十一届六中全会说：历史已经判明，“文化大革命”是一场由领导者错误发动，被反革命集团利用，给党、国家和各族人民带来严重灾难的内乱。

忆王孙·昼寐

茫茫何事梦萦魂：
天有云霞风有薰，
路满芳菲目满春。
醒无痕，
急雨敲窗暮色昏。

1999年10月2日

初　雪

杨柳未凋飞玉鳞，青青白白幻耶真？
豪雄谁比初冬雪，一夜能将万象新。

1999年10月27日

【注】

长春初雪，树叶还是绿的，呈现出青青白白的景象。

读宋史偶拾

杯酒释兵宏略才，宋朝政变未成灾。
边虚武弛徽钦掳，祸患不从防处来。

1999年12月12日

【注】

宋之前的五代，军事政变频频发生。赵匡胤本身也是以“陈桥兵变”

上台的。他吸取历史教训，甫登基即行“杯酒释兵权”之策，更立“官兵不相识”的军事制度，致宋迄无政变发生。然边防严重削弱，卒亡于外族入侵。“祸患不从防处来”确是历史常见现象。

大　雪

飞舞如烟弥大荒，乾坤一统万山凉。
闭门唯幸茅庐暖，行路屡惊银雾扬。
勒马蓝关阻韩愈，映书黑夜济孙康。
人间善感天无意，千古琼英自在翔。

1999年12月13日

【注】

唐韩愈有句：“雪拥蓝关马不前”。孙康是晋人，好学，夜无灯，曾“映雪读书”。

回首千年

山中方七日，银汉仅微旋。
北宋烽烟杳，东罗事境迁。
王朝频代谢，贤哲永延传。
千载惊回首，风雷又一年。

1999年12月29日

【注】

一千年，按照传说，在仙山里只不过七天时间。古有“山中方七日，世上已千年”之说。一千年，按天文学来说，银河只不过稍微旋转了一点点。一千年前，中国正当北宋时期，欧洲正当东罗马帝国时期。

纵观兴衰

艰难世纪叹飘摇，中国千年仍自豪。
三大发明益世界，九州文化润周遭。
几经敌乱山河碎，每使春回日月高。
纵览兴衰须放眼，新时代里巨龙翱。

1999年12月29日

【注】

看近代，中国是屈辱衰弱的；看一千年，中国对世界的贡献仍然是值得自豪的。中国虽然屡经大灾大难，但总能转衰为兴。所以“纵览兴衰须放眼”。

忆 昔

南国隆冬绿未零，红棉似火映边城。
寒潮难得过梅岭，温雨常能润卉英。
怀旧概因年渐老，知新应信脑犹明。
热肠最是故人酒，笑语如闻往日声。

2000年1月1日

又到从化温泉宾馆

溪在群峰抱里流，落英飘洒鸟啁啾。
满天夕照知时晚，震地火山遗水柔。
旧宇门前勾旧忆，名人居后刻名留。
草虫夜夜吟哦苦，寒月年年映小楼。

2000年1月13日

【注】

从化温泉是火山造成的。当时宾馆一些小楼门前的牌子上写着在此住过的名人的名字。

赴京出席恳谈会

河水粼粼岸柳青，群贤三月会京城。
春风昨送千丝雨，桃李今开万树英。
众论纵横抒卓见，锦诗烂漫绣繁荣。
华园幸喜晴光好，硕果盈盈赖护耕。

2000年4月25日

【注】

恳谈会是中华诗词学会举办的。

飞 海 南

峡水澄清一望收，湛蓝空宇幻云楼。
天涯本是飘零叹，海角今供逸乐游。
素谓蛮荒成宝岛，孤悬海外亦神州。
奇花异草似曾识，烈日炎炎椰影稠。

2000年6月29日

【注】

海南岛过去被称为孤悬海外的蛮荒之地。“天涯海角”历史上曾是被放逐的人飘零的地方。

题东坡书院二首

一

贬而又贬到儋州，九死蛮荒无怨尤。
缺食乏衣犹授业，高徒济济出边陬。

二

古木自葱茏，池荷寂寞红。
东坡归去后，千载有遗风。

2000年7月1日

【注】

海南省儋州市有东坡书院。历史上苏轼曾先后被贬到黄州、杭州、惠州，最后到儋州。他在极度困苦的条件下仍设学授业，传播中原文化，培养了一批人才。东坡有句：“九死南荒吾不恨”。

访　瑞　士

寻常处处似花园，碧草蓝湖连雪山。
小国寡民无战火，置身事外胜雄关。

2000年8月31日

【注】

瑞士作为一个小国，它的一大创造就是于1815年宣布成为永久中立国，并得到各大国承认，从而在欧洲一系列战争和第二次世界大战中置身事外。

偶经日内瓦山村

村落人烟少，庭居美不华。
峰峰云罩顶，户户院围花。
绿野疑仙境，红檐泛晚霞。
斯民何所欲，富逸本无涯。

2000年8月28日

日内瓦随想

晴空蓝似海，云朵白如晶。
小小日内瓦，遥遥天外城。
济人偏有道，与世却无争。

霸国瑞士化，全球歌太平。

2000年9月1日

【注】

建立红十字会和成为永久中立国，使小国瑞士获得了国家安全和很高的世界地位。

赴深圳出席中华诗词研讨会

南方八月乐同游，西丽湖边设远谋。
会议如诗诗满会，秋花似火火盈秋。
参差言论文和野，颠沛骚人苦与愁。
纷乱到头终有序，渠成水到不须求。

2000年9月26日

【注】

会议主题为诗词进入学校课堂。会下交谈中，有人诉说工作和个人的诸多困难。感悟是，世间问题很多很乱，往往只有到了成熟的时候，才能水到渠成地解决。

秦楼月·飞越东北大地逢雪

千峰雪，
川凝水固人踪灭。
人踪灭，
辽时营寨，女真宫阙。

琼英漫舞人间洁，
古疆默默寒风冽。
寒风冽，
天时难料，永途须越。

2001年2月23日

玫　瑰

俏立南窗笑靥明，艳光摇曳动心旌。
亦香亦美花无匹，如嫩如坚刺有情。
晓带稚容沾玉露，暮迎斜雨润芳英。
朦胧残绪时空远，每忆芬华锐气生。

2001年3月22日

【注】

花卉美的大多不怎么香，香的大多不怎么美。只有玫瑰与月季、蔷薇（同属蔷薇科），又美又香。

访普陀山

银涛拍岸疑钟磬，巨树参天绕古藤。
每遇奇峰皆寺院，欲听妙理有高僧。

2001年5月14日

天台随想

繁花茂树入峰巅，鸟语啁啾胜管弦。
人得怡情为美景，诗能陶醉即神仙。
天台有爱传千古，灵气无涯继万年。
山寺老梅经见广，国清民裕数今天。

2001年5月16日

【注】

赴天台山参加中华诗词学会举办的笔会。天台山以刘晨、阮肇遇仙女之神话而闻名。山上有国清寺，传说隋朝即将统一时有高僧预言“寺成即国清”，因而得名。寺内有老梅树，隋时所植，称“隋梅”。

观严子陵钓台

子陵轶事已朦胧，无语春江映晚峰。
莫比萧曹能治国，也非冯邓可称功。
危邦有乱曾归隐，盛世无求不受封。
墨客文人崇雅志，辄逢坎坷羡渔农。

2001年5月17日

【注】

严光，字子陵，是东汉光武帝刘秀的同学，历史上著名的隐士。毛泽东和柳亚子酬和诗里也提到他。但史书并未记载他有什么特别才能，更无任何功绩。只是刘秀请他做官他不做，坚持归隐于富春江畔，表现了不慕权位的清高品格。萧何、曹参，西汉贤相。冯异、邓禹，辅佐刘秀打天下的名将。

莫干山遐思

拂云修竹万枝翠，沐雨山花一片金。
千载莫干说功罪，百丛别墅寓浮沉。

2001年5月19日

【注】

史载春秋时期干将、莫邪夫妇在此铸剑，铸得两柄剑的名字也叫干将、莫邪。其中有许多恩怨情仇的故事。鲁迅小说《铸剑》取材于此。莫干山上有许多历史悠久的别墅。当年蒋介石和国民党政府要员常到此避暑和开会。发行“金圆券”就是在此讨论决定的。

登长白山路上

细雨轻匀润物新，无边青翠漾芳春。
莽林探到最深处，始见山花美绝伦。

2001年7月22日

长白山中旅居

溪流日夜笑声哗，山作屏风云作纱。
推户清新凉扑面，红尘已远似仙家。

2001年7月23日

凭栏望江

晶亮云峰远碧空，荒江眺望默流东。
绿原舒展接南岸，人入荒丛细似虫。

2001年8月10日

秋 游

晚风萧瑟伴飞霞，天籁奏鸣虫与蛙。
秋色凄寒凝绿野，山梅欢笑绽红花。
心无恨意人常泰，胸有仁思事不邪。
回首崎岖路将尽，新程又展向天涯。

2001年9月9日

【注】

山梅指去长白山路旁的一种山花，俗称“扫帚梅”。

晚 望

秋光澄似水，馥郁寒花蕊。
莫怅近黄昏，夕阳无限美。

2001年9月11日

旧 处 重 游

肃穆新装殿，粗寒老树身。
忧心天下事，回首过来人。

2001年10月2日

月　夜

虫声似泣泣无序，月色如霜霜满天。
尚有东篱花未睡，暗香飘过小窗前。

2001年10月3日

沁园春·访斐济

万里东南，孤岛重洋，
另样世间。
听银涛拍岸，沉声似吼；
椰林摇影，绰约如仙。
异树奇花，旷原绿野，
鸟语啁啾疑管弦。
经微雨，
看残阳赧醉，空宇澄鲜。

民风古朴纯单。
使客觉天涯月亦圆。
不伤邻树敌，无须忧惧；
与人为善，长得安全。
小国寡民，怡然自乐，
胜似争强逞霸权。
今到访，
见风和日暖，硕果丰然。

2001年11月14日

【注】

随李瑞环同志访斐济时所作。

访某国有感

鱼肥虾嫩海中来，天赐森林不用栽。
空有资源难富国，从来兴盛靠人才。

2001年11月18日

旅京遐思

晨雾蒙蒙飞叶旋，隆冬萧瑟忆当年。
列车拥挤常无座，旅店凄寒幸省钱。
忍苦忘忧痴发奋，读书不倦自欣然。

轻风万里来城阙，回首关山雨似烟。

2001年12月4日

桃　花

艳丽明柔处子容，春来又见笑东风。
繁英有媚非轻薄，佳色无瑕是粉红。
下自成蹊得人羡，上承造化会神聪。
欲从世外寻仙迹，灼灼其华缥缈中。

2001年12月6日

悼金意庵

雪漫江城万籁宁，书家墨尽笔长停。
细观遗作神犹在，回想生平德向馨。
法古创新皆着意，气清骨润化于形。
百年一瞬从来快，人去文存业永铭。

2002年3月21日

【注】

金意庵，著名书法家、诗人，吉林省书法家协会名誉主席。

白城生态旅游节

草原新绿雨纷纷，欣览查干赏鹤村。
最喜人情淳似酒，游来无处不销魂。

2002年6月19日

一　剪　梅

旧院芳梅送晚香，
枝越邻墙，
笑探书窗。
从来美善傲风霜，
任雨滂滂，
任雪雱雱。

常惜华章失所藏，
卷在何方？
词在何方？
寻天索地执如狂，
生也难忘，
死也难忘。

2002年6月23日

【注】

长白山下有位老教师，临终犹憾有几首《一剪梅》未能觅得，说给当时白山市委副书记、市政协主席张福有。张福有从四方同好中终于寻得那几首久已不见的《一剪梅》。其诚感人。

行香子 · 前郭荷花湖

花灿如燃，
叶肃如禅。
水波动、滚溅银丸。
无边荷色，有鸟翩跹。
掠忽而升，忽而往，忽而还。

世态凉炎，
生态伤残。
叹从来高洁持难。
出污不染，唯有青莲。
羡此风清，此湖净，此情闲。

2002年7月29日

桃源忆故人 · 悼陈俊生同志

难忘北国灯前叙，
共步乡间尘路。
纵论兴亡今古，
多少风和雨。

厚仁才俊飘然去，
未了竟归何遽？
德绩皆留殊誉，
永在心中驻。

2002年8月25日

【注】

在黑龙江时曾在陈俊生同志领导下工作，常一起下乡调研，同住农民家里。他知识渊博，谈古论今，待人甚好。后来他当了国务院秘书长、全国政协常务副主席，仍常有来往。

闲步雨后小园

昨日玫瑰何处寻？夜来急雨扫园林。
好花有憾终凋谢，野鸟无知仍唱吟。
该撒手时须撒手，易伤心事莫伤心。
回眸叶底馀黄蕊，万绿丛中一点金。

2002年8月25日

一剪梅·登楼

雨后登楼看夕阳，
一带青苍，
一片霞光。

迎寒月季两三行，
依旧昂扬，
依旧馨香。

岁月匆匆路莽荒，
春又芬芳，
秋又凄凉。
有情万物贵坚强，
承受创伤，
承受风霜。

2002年9月12日

少年游·白兰

窗前一树白兰花，
窥户展枝丫。
满室清香，满园青翠，
晨起映朝霞。

遥思二十年前事，
恍又见琼葩。
不显其多，不夸其大，
馥郁是菁华。

2002年9月15日

沁园春·植物园

淡淡秋光，阵阵熏香，
缕缕夕阳。
正黄花吐艳，绿杨喧响；
红枫微醉，兰蕙喷芳。
碧落清澄，白云闲静，
物我今时竟两忘。
人难得，
使忧烦暂却，稍透清凉。

冬来秋去栖遑，
总见那花愁蜂蝶忙。
叹世间万物，生存不易；
风云莫测，时遇殃伤。
劫后能生，山前有路，
适应艰难即是强。
风雨后，
看牵牛长蔓，又上篱墙。

2002年9月21日

新西兰海岸风雨即景

雨敲崖岸彻天凉，潮吼风号暮色苍。
一浪突生奔至灭，万涛纷涌聚成洋。
飞鸥喜见波如雪，掠水欢鸣气愈昂。
寂寞两三冲浪汉，敢同怒海比顽强。

2002年10月28日

西江月·新西兰印象

多雨多风双岛，
重洋重海孤悬。
天涯海角碧涛间，
僻处其身独善。

鸟兽几无天敌，
山川绝少污残。
民风安定少波澜，
立国从无外患。

2002年10月30日

【注】

新西兰远离各大陆，有北岛和南岛，处处青山绿水，没有毒蛇猛兽，风多雨多而灾害少，立国以来从未遭遇外国入侵。

踏莎行·观企鹅夜归

晨起征洋，夜临返渡，
茫茫荒野家何处？
蹒跚疾走找亲人，
彷徨似失家门路。

至死双栖，终生一侣，
匆匆觅食忙归哺。
人间憾事少忠贞，
野禽之爱何其固？

2002年11月4日

【注】

据讲，这里的企鹅忠于一偶，每日早起出海，远游觅食，夜晚返回，别家不入，在海岸荒山坡上蹒跚寻得自己的家，以鱼食反哺雏小。

春光好·出席十六大有感

天如锦，
地如茵，
菊如银。
代表三千主义真，
议乾坤。

继往开来稳渡，

与时俱进创新。
华夏复兴开盛世，
史无伦。

2002年11月17日

2002 岁末有感

北国雪来早，天寒夜未眠。
逝时如逝水，明日即明年。
身退何称勇？心平始可坚。
眼看春又到，清气满前川。

2002年12月31日

感 冬 令

气象无常岁早寒，迷茫大野望如烟。
北风一夜雪封路，南陌千条柳挂璇。
实话贬褒人去后，真情冷暖运来前。
全球变热都言是，此地冬衣择厚穿。

2003年1月9日

碧　桃　花

远游已倦思清境，尚趁馀闲赏碧桃。
美盛红英行谢落，鲜疏绿叶亦风骚。
所期尽善或非善，实际虽糟未更糟。
不只缤纷能悦目，轻香淡影寄高操。

2003年3月4日

破阵子·春雪

似喜似忧飞雪，
渐飘渐杳天涯。
楼外青松披白髮，
室内红葩笼碧纱。
暖寒成反差。

云卷云舒几度？
花开花落谁家？
堂上燕来多不识，
梦里春归一夜遐。
当窗静品茶。

2003年3月14日

采桑子·迎春花

辛勤赢得花开早，
不负清晨，
不负黄昏，
枝满金辉笑映云。

流光未信真难再，
岁岁迎春，
岁岁如新，
过往风霜权砺身。

2003年4月2日

访 故 园

来时百感去难忘，奔泊四方情未央。
每悔书生多自误，更惊命运铸沧桑。
数年不见佳人老，一院犹飘丹桂香。
远听涛声沉似叹，月光又上旧回廊。

2003年4月15日

【注】

重到多年前办公和居住过的一个地方。那里临江近海。

读史议范蠡

功成名就后，决绝去朝堂。
西子来相伴，男儿携与航。
陶朱无宦束，良贾有丰囊。
犹见遗风在，越人多巨商。

2003年5月4日

【注】

范蠡辅佐越王勾践灭吴，功成后认定勾践为人“可与共患，难与处安”，遂辞官远游，经商而致巨富，称陶朱公。又传说他离越后“载西施，游五湖”。范蠡的故乡相当于现在的河南安阳，但他是在越国成就功业的。

四 月 旅 思

灾祸袭来常不料，等闲岂可醉升平。
风声鹤唳谈非典，车乱人慌出北京。
民众疏防染奇病，官员失职误前程。
何期制服萨斯患，更铸繁荣续远征。

2003年5月4日

【注】

非典又称萨斯，骤然流行，城市间将实行隔离，外地人纷纷离开北京。

忆　江　南

花城好，
别去十年馀。
似火红棉仍美艳，
更新人事已生疏。
回首路崎岖。

尤难忘，
入粤正当初。
学问民风蒙指教，
下乡同往出同车。
湖岸赏芙蕖。

2003年6月17日

【注】

这首词是寄给杨应彬同志的。当年他是广东省委秘书长。

朝中措·打太极拳

练完太极一身松，
小院绿荫浓。
香起蔷薇兰蕙，
风来杨柳梧桐。

忙须适应，闲须适应，
总要从容。
双蝶忽过墙去，
那边也有芳丛。

2003年6月17日

雨后漫步

信步林间径，油然物我通。
野生花壮美，荒老树葱茏。
驻足愁风雨，抬头见彩虹。
忧烦俱放下，万念一时空。

2003年7月4日

偶　感

怅然回首望征尘，峻险波涛起伏频。
明暗难关惊已过，穷通岁月素安贫。
愁看上访拦门路，厌听纷争驱世人。
往日峥嵘行渐远，心存蓊郁即青春。

2003年7月16日

九月查干湖

查干湖上秋光好，浩渺烟波日月沉。
绿苇丛中游小艇，红荷叶下戏鸣禽。
水天一线云堆雪，夕照千条浪闪金。
纵目苍穹追逝影，远征雁阵已难寻。

2003年8月29日

西 湖 联 想

风光满两堤，三岛各奇姿。
且把轻舟泛，遥随古梦驰。
东坡吟雨后，西子比名宜。
何地无佳景，传誉更在诗。

2003年9月3日

【注】

两堤即苏堤、白堤。三岛指三潭印月岛、湖心岛、阮公墩。苏轼诗《饮湖上初晴雨后》有句：“欲把西湖比西子，浓妆淡抹总相宜”。

忆江南·宿莫干山顶

疑仙境，
竹海漫群峰。

山似绿涛云淡淡，
夜如静水月融融。
充耳听秋虫。

2003年9月6日

山　夜　雨

入夜山居静，乌云忽满空。
炸雷轰广野，闪电裂高穹。
蜑隐深而暗，树惊摇似疯。
小焉人脸色，震怒看天公。

2003年9月8日

泛舟澜沧江

冲开横断出澜沧，漩急波汹野雾茫。
险似尖峰礁阻路，声如骤雨浪敲舱。
初疑岸径无通处，忽见深林有竹房。
烟水临边转回顾，流连不忍下南洋。

2003年11月13日

【注】

澜沧江自横断山脉流出，从云南出中国国境即称湄公河。

版 纳 行

西双版纳久知名，景象亲临仍可惊。
热带雨林蔽天日，澜沧江水撼边城。
寨民竞展风情美，邻国相闻鸡犬鸣。
植物园中汇精粹，希陶为此献平生。

2003年11月15日

【注】

这里的植物园是中国科学院院士、植物学家蔡希陶先生花多年心血创办的。园里汇集了热带植物的精粹。

钗头凤·元宵夜烟花

闲云散，
明月满，
烟花更比鲜花绚。
三分险，
千般艳，
辉煌光耀，
瞬间消暗。
暂，暂，暂。

心相恋，
人相伴，

有情不怕时光晚。
冲霄焰，
声声撼，
观花虽美，
乐由亲点，
敢，敢，敢。

2004年2月7日

风入松·月夜舞剑

月华缓缓上东楼，
柔照似清流。
银河远淡星偷眼，
欲探我、何事心忧？
更有疏枝残雪，
相邀相看相酬。

龙泉舞动若龙游，
太极在心头。
凝神入静除烦念，
许多事、一忘方休。
剑下有风有雨，
心中无患无尤。

2004年2月9日

丽 江 行

香戈里拉源何处？奇境丽江誉不虚。
溪绕人家古街巷，日斜府苑木王居。
山容肃穆时飞雪，水色至清犹有鱼。
心向中原兴远国，纳西历代重诗书。

2004年2月27日

【注】

据说迪庆、丽江一带，是英国小说描写的世外桃源香戈里拉的原型。在丽江聚居的纳西族，古来其木氏领袖就提倡学习中原文化，拥护国家统一。纳西族出了很多人才。木王府尚存。在丽江城里可仰见庄严明亮的雪山，山上常飘雪花。古话说“水至清则无鱼”，这里水至清却仍然有鱼，生态环境甚好。

会 间 偶 感

京华气象曾留意，两会年年见杏花。
晚赏明霞金色美，夜闻窗外吼风沙。

2004年3月10日

【注】

两会指每年三月召开的全国人民代表大会和政协会。

卜算子·樱花

灿烂势如霞，
花盛全无叶。
待到枝头绿叶扶，
已届繁华末。

搔首晚风轻，
望眼云天阔。
短暂花期艳满园，
谢后人犹说。

2004年4月3日

望　飞　雪

云天不现只朦胧，渺渺飘飘遍太空。
正叹雪花舞无序，西风一过尽朝东。

2004年4月22日

青玉案·宴故人

杯深酒浅春花艳，
画堂敞，灯辉淡。

彼此相看乌鬓减。
浮沉如梦，
流光如闪。
语次倾肝胆。

远行曾仗青锋剑，
渡水翻山万重险。
往事如烟何所憾，
几分宽慰，
几分伤感。
暮雨重门掩。

2004年5月9日

卜算子·与诗友游净月潭

岁月苦匆匆，
碌碌常无用。
每向诗中觅月华，
虚拟仍溶溶。

今日沐清风，
稍把闲情纵。
诗友良辰结伴行，

水鸟时鸣送。

2004年6月6日

【注】

常用“溶溶”形容月色之美。“溶”字平仄两用。

病朦胧

野花三两双，隐约小南窗。
事去有残忆，梦来无细庞。
翩然新燕舞，仿佛旧家邦。
多少朦胧影，流年似逝江。

2004年6月26日

【注】

住院躺在病床昏睡，醒睨窗外，恍然觉得如在梦境中回到旧时。

读史兴叹

何止丛林侵伐频，汗青览后欲沾巾。
风吹秀叶永离树，雨润娇花暂悦人。
泯绝文明成炭土，谬狂邪说控寰尘。
印加灭国非关罪，罗马屠城不论仁。
贤士精忠遭妒害，权奸荣耀伴终身。
天时屡屡违民意，佳运常常助恶邻。
奉献恒多恒易怨，恨仇越大越难伸。

史规虽是无情物，取义存良心有春。

2004年6月28日

【注】

此首八韵排律，写读史的感慨。“史规”是指历史规律。历史只讲规律，不论善恶，常常是丛林法则起作用。结尾说，虽然历史无情，还是应当坚持正义和善良，这样做至少自己心里会充满春光。

漓江荡舟

漓江景常好，犹胜画中颜。
澄影澄波水，多姿多状山。
榕樟迎岸立，鸥鹭捉鱼还。
回望起舟处，隐然云雾间。

2004年7月9日

【注】

人说“好花不常开，好景不常在”，这里赞扬“漓江景常好”，一年四季都好。

故地游

论昨谈今酒上眉，南行恍若梦中归。
新兴蔬果色香好，往昔池台面目非。
此去时惊风物易，别来日久故人稀。
似曾相识窗前月，夜半轻柔入户帏。

2004年7月21日

颐和园遐思

竟移军费造林园，帝后遗踪化梦烟。
万寿老峰还默默，昆明浅水总涟涟。
花香阵阵欣游地，蝉噪声声易倦天。
昔日清廷战也败，颐和留得胜沉船。

2004年8月14日

【注】

万寿指万寿山，昆明指昆明湖，都是颐和园中景点。清慈禧挪用海军军费三千万两白银建造了颐和园。不久清王朝在甲午海战中失败。按照当时清政府的腐败无能状况，即使造了船可能也得被打沉。有游人说留下颐和园比留下一些沉船也许还好一点儿。

答　疑

纷纭闲杂事，不管又如何？
姑且随它去，反而成果多。

2004年8月31日

【注】

关于领导方式，有人问究竟多管好还是少管好？以此诗戏答之。

潇 湘 行 思

寻诗飞越洞庭滨，浸沐曦晖又一晨。

娥女情深屈恨远，沅湘水碧岳衡春。
清风万里芙蓉国，文武双兴楚地人。
史事纷纭高莫测，山川灵气与时新。

2004年9月15日

【注】

娥女指娥皇、女英，舜帝的两个妻子，葬于洞庭湖君山。屈原投汨罗江殉国，汨罗江在湖南。南岳衡山也在湖南。

张家界游感

名山岂必都亲历，仍访张家乘大鹏。
雾嶂时藏又时现，奇峰宜看未宜登。
仰惊好画云中挂，俯望仙宫海上升。
何处红尘飞不到，游人百万势方兴。

2004年9月19日

【注】

张家界有两条观景路线，一为仰视，一为俯视，好多山峰是只能看不能登的。

遇老翁抬滑杆

坐客年青亦生意，登高负重奔如风。
我忙让路侧身立，不为王孙为老翁。

2004年9月19日

【注】

老翁抬着坐滑杆的年轻人在山路上飞奔。抬那年轻人对老翁来说也是生意。如果没人坐，老翁就挣不到钱了。所以也不可责备那年轻人。

心 境

岂有激情如少年，微风细雨亦魂牵。
老来闲事多看惯，雪舞花飞总淡然。

2004年11月12日

点绛唇·雪地青草

冽冽风过，
叶飞花落虫声默。
雪笼池泽，
小院多萧索。

残照西斜，
有草仍青茁。
坚撑得，
酷寒时刻，
犹自留春色。

2004年11月17日

八声甘州·青海湖

望天高地阔少人烟，
万年雪峰巅。
映深蓝湖面，淡青天际，洁白云团。
海拔三千米处，血压觉升攀。
闻说秋时美，花艳莺喧。

人罕隆冬来此，
得畅观空旷，体味高寒。
想戎羌遗迹，偶见古残垣。
越沧桑，几多争战，
吐谷浑，后裔有留传。
今都是中华民族，
共享康安。

2004年11月26日

【注】

戎、羌、吐谷浑，都是历史上曾活动在青海一带的少数民族。当地人说现在的土族是吐谷浑的后代。

蝶恋花·出席政协会议

盛会迎春天亦悦，
风静花香，满座多英杰。
南北西东来政协，

民情国是都关切。

热烈话题天海阔，
高论深谋，实事真心说。
智慧源泉从不绝，
建言广纳成雄业。

2004年12月22日

画　堂　春

今年瑞雪早迎春，
诸多喜事临门。
稳增过九好新闻，
更国泰民殷。

化解内忧外患，
神州自有能人。
贤才调鼎付艰辛，
赖日夜忧勤。

2005年12月30日

【注】

稳增过九，指全国GDP增长超过百分之九。

飞雪凝望

飘飘鳞甲尽朝东，何事忽而方向同？
广宇迷茫疑幻境，江山素洁赖天功。
已笼大地沉沉睡，犹撼枯林阵阵风。
岂有尊威长独领，春来积雪又成空。

2005年2月23日

清　谈

过去是名家，高谈至日斜。
内容无巨细，免费饮清茶。

2005年2月27日

【注】

出席某次政协会议，会间几位名人饮茶闲聊。

长春之夜

忽觉时空远，不知何处身。
春城风细细，夏夜雨频频。
暗树摇窗影，朝霞醒梦人。
繁华和寂寞，孰幻孰为真？

2005年3月7日

西郊园林

故林又到夏炎时，处处芳菲处处诗。
偶见覆巢剩完卵，寻常茂树杂枯枝。
百花开谢岂无意，万物荣衰似有知。
何必忧心来岁事，自能没膝草参差。

2005年6月13日

云台山

乐山乐水两相宜，飞瀑鸣泉步步诗。
躲进太行深莽处，天生丽质少人知。

2005年6月29日

【注】

云台山属太行山余脉，有“三步一泉，五步一瀑，十步一潭”的美誉。

吊殷墟

草房疑是商时殿，洹水万年还绕流。
甲骨文奇贵能解，殷人迹远可探求。
史遗妇好英雄事，墓现兵戈征战愁。
华夏繁荣非昔比，临墟遥想溯源头。

2005年7月1日

【注】

“草房”是指殷墟宫殿宗庙遗址的仿古建筑。洹水，即安阳河，又名洹河，是古老的河流，在甲骨文中就有记载。在安阳殷墟发现的甲骨文，是已被破译的、与我们民族现行文字一脉相承的远古文字。世界上有些古文字虽已发现但无人能解，或再没有哪个民族的语言文字和它相继承。“妇好”是商王妃、女英雄，亲自率兵征战，其墓中有许多兵器和酒器。史书对妇好无记载，只在出土甲骨文中有记述。

悼 启 功

一代书家忽远游，人间遗墨尽风流。
行行钢劲看添勇，字字端方赏解忧。
殷望高徒驰境界，亲传心法作轻舟。
时光逝去辉煌在，后学回头更注眸。

2005年7月5日

【注】

中华诗词学会张福有副会长先写了一首悼念启功的诗，此诗步其韵。

青 岛 印 象

美新世人赞，百业竞峥嵘。
沙岸如金岸，人声杂海声。
楼前皆翠圃，洋上几长鲸。
雨里崂山望，水天浑一青。

2005年8月3日

【注】

长鲸：喻停在海上的巨轮。

蓬　莱

三山何处是？缅史访蓬莱。
海际云霞幻，天边洞府开。
情迷缘所欲，心往自徘徊。
千载神仙梦，如乘叠浪来。

2005年8月5日

【注】

三山：古谓海上有三座仙山，名方丈、蓬莱、瀛洲；洞府：古人称神仙所居之处；情迷缘所欲：是说人们总是容易相信所希望的事情。

少年游·烟台

隐听海浪击长堤，
花蔓上高篱。
绿草萋萋，红荷挺挺，
林径暗依稀。

风和人静云天碧，
小睡日斜西。
寂寞繁华，俱非永久，

往事莫重提。

2007年8月7日

【注】

住烟台东山宾馆数日，感怀而写。

满江红·纪念抗日战争

烽火当年，山河碎，疮痍满目。
侵略者，鲸吞东北，长驱内陆。
烧杀抢光恣兽性，
掠攻占后狂屠戮。
古神州，此刻最危机，
如天覆。

同仇忾，倭寇逐。
炎黄胄，焉能辱。
遍长城内外，战旗高矗。
四亿吼声惊敌胆，
五千年史昂扬续。
发雷霆，终灭法西斯，
开新局。

2005年9月18日

收到老友手机短信

久别意犹浓，真情溢语中。
谁云天变冷，十月有春风。

2005年11月5日

痛悼任仲夷同志

仰止高山忽仙去，音容犹忆圣贤风。
战争酷烈忠如铁，改革艰难气似虹。
誉满人间非刻意，业留后世不居功。
凤凰花落红盈地，万物无求亦敬翁。

2005年11月15日

【注】

得知任仲夷老领导病重，当天飞抵广州，见面尚能握手示意。任老病逝后，当晚写就此诗。凤凰花，一种高大的乔木花卉。

太常引 · 园中雪

晓惊厚雪满园中，
素裹了青松，
玉掩了芳丛，
曙晖映，琼鳞舞风。

世间冰雪，大同小异。
极地看冰凇，
瑞士赏银峰，
何须羡？晶莹在胸。

2006年2月1日

念　旧　时

曾记偕游南海滨，满怀壮志涌思新。
而今事异佳人杳，又是红棉几度春。

2006年2月4日

阅　　信

闲斋闷听北风鸣，偶拆鸿书字字惊。
刻骨无非故乡梦，铭心最是少年情。
垂垂老去尤怀旧，久久分离未忘名。
遥望南天如隔世，飘然落案雪花轻。

2006年2月21日

【注】

忽然收到五十多年杳无音信的中学同学来信，并寄来当年合照，读之感慨。

端 阳

时到端阳草木春，年年万众祭诗人。
问天一哭惊今古，求索千般泣鬼神。
虽恨君昏仍爱楚，更忧国破竟捐身。
世间多少难平事，切记汨罗无渡津。

2006年3月12日

【注】

屈原怨恨楚国君昏臣佞，但并不因此否定自己的国家，而是始终热爱楚国。这位被放逐的大诗人当得知楚国都城被秦国攻破时，竟投汨罗江自尽。诗说世间难平的事很多，自杀并不能解决问题。“问天”“求索”都是屈原诗里的话。

访九华山

群峰古老草花新，水净林深鸟语频。
蓝若丛丛崇地藏，禅声袅袅入天垠。
佛因山好佛停步，山借佛名山亦神。
苦难非唯鬼中有，犹须菩萨救生人。

2006年4月8日

【注】

九华山是中国四大佛教名山之一。据文献记载，地藏菩萨到此，选中此山为道场。地藏菩萨要拯救鬼魂脱离地狱苦难，曾发下“地狱不空，誓不成佛”的宏愿。蓝若，此处指寺庙。

黄　山

太白曾游未留字，岂因惊艳忘为辞?
丽姿笼雾层层画，秀面飘纱处处诗。
一阵涤尘润花雨，千条飞瀑挂银丝。
黄山有景皆奇美，信步行来总叹之。

2006年4月10日

【注】

据介绍，李白到过黄山，却未留下诗作。

最高楼·小桃红

春讯送，
最早小桃红，
寒里展芳丛。
枝条细细花开满，
容颜静静笑朦胧。
雨和晴，谁管得，总匆匆。

曾爱作、梅荷桃李颂，
转恋那、山川风雨梦。
时易也，旧怀空。
伊人往事都行远，
激情执着已无踪。

阵花飞，飘倩影，几重重。

2006年5月30日

【注】

小桃红：一种花卉灌木，学名榆叶梅，又名鸾枝，春天开花很早。

登月牙泉鸣沙山

清泉荒漠两相安，红柳疏疏夕照残。
特访鸣沙登绝顶，下山容易上山难。

2006年6月23日

【注】

俗话说“上山容易下山难”，鸣沙山的特点正相反。

莫高窟怀古

远望黄沙无尽头，孤云天际幻琼楼。
后人欲探前朝迹，大漠中寻小绿洲。
穿越时空千态美，历经战乱百年愁。
洞中旧事今何在？游客匆匆似水流。

2006年6月23日

【注】

莫高窟中千姿百态的雕塑和壁画，有些表现的是古时真实的人物和故事。

瑶池遐思

碧落骄阳互映谐，数峰远眺素皑皑。
瑶池春水清如酒，雪岭云杉净绝埃。
雾绕长春金观寂，霞飞王母玉筵开。
西山可记穆天子？盛事茫茫不再来。

2006年6月26日

【注】

新疆天池又名瑶池。《穆天子传》记载王母在瑶池宴穆天子的盛事，约定三年后再来，但再也没来。李商隐有句："八骏日行三万里，穆王何事不重来？"天池边的山上还有元朝时长春真人丘处机所建道观。

克拉玛依生态林

密林如海望无垠，挡住风沙留住春。
谁使荒原变仙境？最能奋斗克城人。

2006年6月28日

喀纳斯湖遇雨

山上奇湖喀纳斯，云杉列岸雨如丝。
野花遍地莺声醉，放眼看来都是诗。

2006年6月29日

天仙子·七夕感牛女

宇静星稠银汉迈，
牵手天仙携最爱。
远离长别不须哀，
流光快，
如约届，
爱到永恒情不败。

2006年7月30日

人月园·中秋

夜深独望中秋月，
寂寞感高寒。
白云几缕，蓝空无际，
何处仙媛？

灿然笑靥，飘然倩影，
完美婵娟。
韶光恨速，芳华憾远，
诸事如烟。

2006年10月5日

海　南　行

往事旧朋随兴聊，晚来小聚品香醪。
风吹夜树扰人睡，月上中天伴梦翱。
荒院凝神听鸟语，海滨闲坐赏流涛。
何时再见芳菲国？浮世重逢有几遭。

2006年10月9日

蝶恋花·无雪之冬

衰草枯枝光秃地，
无雪之冬，何处寻诗意？
寒雀掠空来去悸，
疾风吹叶回旋起。

素裹山川犹可忆：
琼玉漫天，自在飘无际。
至美从来唯梦里，
残园几树青松岿。

2007年1月27日

浣溪沙·迟雪

大雪迟来亦可观，
山河一统换新颜，
纷纷洒洒未阑珊。

万朵银花飘落地，
千条玉片舞升天，
最终都是落平川。

2007年1月31日

玉楼春·观鹅毛大雪

纷飞玉片何时歇？
埋没关山无径越。
一望四野尽朦胧，
万水千山唯凛冽。

天生世界多残缺，
人更污伤添祸孽。
廓清浊恶苦无方，
顿洁乾坤惊此雪！

2007年2月13日

除夕杂感

一年更比一年新，总觉情浓是旧人。
世上岂能无势利，心中不可少精神。
似烟似雾茫茫雪，如玉如银片片珍。
除夕忙过尽添岁，并非你我独增春。

2007年2月17日

【注】

这是丁亥年除夕回诗友的和韵诗。

与会杂想

南来椰岛今何遇？趣事新闻与旧知。
云朵乘风飘似梦，波涛扑岸叹如诗。
常思假话非当讲，直吐真情辄不宜。
此地花开繁且早，动人更在美而奇。

2007年5月26日

五月登庐

无风无雨上庐山，回首峥嵘岁月艰。
别墅成群藏史话，险峰依旧笑人寰。
阴差阳错千秋事，兴败浮沉一瞬间。

几处杜鹃红似火，时闻深涧水潺潺。

2007年5月27日

【注】

钱起咏庐山有“咫尺愁风雨”句。庐山有许多别墅，有蒋介石、宋美龄住过的，有毛泽东、周恩来、彭德怀住过的，等等，里面藏着很多历史故事。当年美国马歇尔来这里调停，主张保持国民党执政，给共产党合法在野党地位，避免内战。蒋介石坚决不同意，说中国只能有一个政党一个领袖。马歇尔失望地说，那你们只好战场上见了。1959年的庐山会议本来已快结束，忽然又发生了彭德怀万言书事件，历史影响深远。

贺中华诗词学会成立二十周年

学会从来诗客家，妙龄二十正芳华。
英才佳作频频出，优伍强刊个个夸。
怀古怀今谈国事，写山写水话桑麻。
花开再借东风力，似锦前程映彩霞。

2007年6月1日

江城子·赴衡阳诗会

秋飞疑作雁南翔。
跨河江，越潇湘，
湖岳苍茫，
片刻到衡阳。

寄语无须凭雁足，
传短信，发华章。

与时俱进惜韶光。
国隆昌，老冯唐。
转眼沧桑，
又遇雨滂滂。
烦事常来忘即淡，
耘小圃，赏芬芳。

2007年9月19日

【注】

秋天乘飞机去衡阳，疑惑自己像大雁一样向南方飞去。古来关于雁和衡阳的诗句很多。

寻滕王阁

原址难寻屡重建，滕王阁序越千年。
莫叹李广冯唐事，且赏落霞孤鹜篇。
涛涌赣江风雨后，月明春夜彩云前。
中枢今有双星耀，人杰地灵尤信然。

2008年9月29日

【注】

滕王阁历代重建过多次，唐时原来的位置已无准确考证，只有王勃的《滕王阁序》千年流传。李广冯唐、落霞孤鹜、人杰地灵，都是《滕王阁序》里写到的。此届中央政治局九位常委中有两位是江西人。

悼周维莲

满池红艳映空莲，一夜凋零雨雪前。
夭寿人生差几许？安危性命本来悬！
辉煌事业天中势，寂寞心灵月半弦。
贵贱贤愚皆有死，仰苍不愧即千年。

2007年10月21日

【注】

周维莲是四川省人大财经委主任，去贵州途中遇车祸。张福有副会长写了《悼周维莲同志》。这首诗是和诗，着重讲一个道理：长寿短寿也差不了多少，辉煌者心里也有寂寞，生命本来是脆弱的，都很悬。做一个无愧于天的人，就等于活了一千年。

西溪荡舟

正是西溪最美时，石桥夕照映涟漪。
芦花似雪摇生浪，修竹成行列作篱。
水静偶闻舟荡橹，草深时有雁吟诗。
杭州湿地人知少，原始风光处女姿。

2007年11月3日

天 仙 子

海涌长波冲阔岸，
椰树残阳风已倦。
南来纵论会匆匆，
烦事乱，
且不管，
静听涛声盈耳畔。

2007年11月20日

【注】

这首词是在海南出席一个研讨会时写的。

更漏子·十月广东行

雨乍停，
风也静。
绿水败荷云影。
多少事，憾难成。
日闲登小亭。

清睡冷，
残梦醒。
窗外岭南秋景。
叹旧友，半凋零，

如烟昨日情。

2007年11月26日

【注】

著名诗人周笃文评说："几多感喟，出以婉约之笔，令人一唱三叹！"

长 春 冬 晚

檐下寂听寒雀啾，举头圆月上东楼。
爱观积雪玉肤美，也赏枯枝倩影柔。
知福方能留福在，随缘始可有缘投。
谁言冬日无佳色，素野琼山入梦游。

2008年1月16日

戊子春节杂感

偶得琼浆莫自斟，良朋不遇五湖寻。
思飞南国温馨忆，雀噪斜阳寂寞心。
大野春来仍裹素，小楼日晚独登临。
时移事易随缘渡，从善无须候妙音。

2008年2月6日除夕

悼念长白山诗社老社长强晓初

忆昔诗刊草创初，扶苗浇灌赖耕锄。
春花遍地香流远，秋实盈枝叶影疏。
革命一生功德满，人难百岁奈何如？
今逢强老佳辰祭，遥拜西山高士庐。

2008年2月27日

【注】

强晓初，原中纪委书记，20世纪80年代初任吉林省委第一书记时大力支持诗词文化，任长白山诗社社长，并创办期刊《长白山诗词》。这首诗是步张福有同志《悼念强晓初先生》韵。

早 春 客 京

正逢节令替交时，晨起远观星斗移。
春讯迟临枯草地，初花未上小桃枝。
芳华逝去浑无意，影绪飘来尚有诗。
旧日良朋几人在，南风吹树绿参差。

2008年3月3日

贺吉林省诗词学会换届

今日群英聚咏坛，欣逢北国杏花天。
千芳苑里无分等，一入瑶池尽是仙。

路有崎岖谁得免，胸怀诗气自超然。
九州贵客齐来贺，姹紫嫣红月也圆。

2008年4月21日

记桂林诗碑落成

翰墨千秋事，漓江五月天。
闻雷惊夜梦，冒雨上峰巅。
洞里游诗国，崖间赏妙联。
人生高境界，谈笑共群贤。

2008年5月8日

【注】

桂林穿山有一个巨大岩洞，里面刻了当代一些诗人的作品。那天和沈鹏、刘征、周笃文、陈平、刘育新等很多人冒雨出席了揭碑仪式。

舟 中 唱 和

高朋相约泛漓江，舷侧时闻浪击窗。
即兴唱酬皆子建，雅情不负景无双。

2008年5月11日

【注】

与刘征、沈鹏、周笃文、陈平、刘育新等在漓江同舟，此为唱和之作。

忆江南·漓江好

漓江好，
五月正芳菲。
流水如歌山似梦，
主人情重酒盈杯。
留恋直忘归。

2008年5月15日

德 天 瀑 布

水出云崖天涌潮，无分国界任流飘。
声如奔马三千阵，势若悬河八百条。
波击岩岗飞细雨，雾笼溪壑起虹桥。
眼中奇景心中幻，辞藻丹青岂可描？

2008年5月16日

【注】

德天瀑布位于广西大新县归春河上游之德天村。瀑布群跨越中国和越南边境。

吊汶川大地震

摇撼山川震迩遐，奇灾转瞬降中华。
生灵涂炭哀千里，瓦砾埋城毁万家。
救有军民穷地角，爱无贫富遍天涯。
人心凝聚八方赞，多难兴邦信不差。

2008年5月21日

解语花·感落英

春风几度，细雨千条，
成就缤纷美。
秀枝满缀。
春光里，红白粉黄蓝紫，
芬芳旖旎。
黄昏后，小园门闭。
东月升，一刻千金，
夜谧娇花醉。

梦醒阵风骤起。
忽落英片片，
飞天飘地，
似云如翳。
漫空舞，今得自由翱徙，

离枝亦喜。
无滋养，自持鲜丽。
休叹吁，斯样芳华，
堪与枝头比。

2008年6月22日

登长白山晚行

天池神秘水奇清，十里遥闻瀑布声。
径曲穿林寻胜迹，云深迷野失归程。
青山不老人先老，白桦无情人有情。
阵阵仙风吹欲醉，登高一望晚霞明。

2008年7月28日

西　江　月

命运最难猜度，
流光不易衡量。
欲飞银汉路茫茫，
想见云涛浩漾。

网上千般旖旎，
梦中一片凄凉。

奇思虚拟又何妨？
暂释心潮奔放。

2008年8月7日

蓝 景 别 墅

白桦林中曲径幽，时闻早起鸟啁啾。
旅人陶醉浑忘我，不觉山中岁月流。

2008年8月11日

【注】

全国诗书画名人长白山采风，参加采风的有周笃文、杨金亭、赵京战、陈平、刘育新、张梅琴、蔡士平等，主办方同行的有张福有、刘庆霖等。“蓝景别墅”在长白山下一片白桦林中。

近观长白山瀑布

漫天尽洒雨和烟，昼夜风雷激浪翻。
银汉谁倾一注水？流来化作大江源。

2008年8月12日

【注释】

长白山瀑布流出的水是松花江的源头。

登长白山南坡

南坡久仰未曾逢，奇境亲临绝不同。
十里山花天地色，千年峡谷鬼神功。
时移事异思当变，路转峰回阻亦通。
多少流连忘返客，回头屡望恋葱茏。

2008年8月12日

醉花阴·叹天池难见

贵在时常看不到，
总是阴云绕。
绝世美佳人，
蒙面轻纱，岂可随心撩？

一时三变天池貌，
未见无须恼。
静静待云开，
惊艳机缘，在巧非关早。

2008年8月12日

【注】

长白山天池经常云雾缭绕，似蒙面纱，气象变化多端，一会儿阴一会儿晴。许多游人因看不到天池真面目而遗憾。

登峰观天池

阴晴迴异壑和峰，时雨时风时雾蒙。
何故天池如幻景，原来身在白云中。

2008年8月12日

玉楼春 · 感长白山灵气说

群峰默默凌空耸，
湍水淙淙寻壑涌。
天池镜里赏霞飞，
忽遇仙风迷雾笼。

人生多苦常须梦，
虚拟遐思皆有用。
饮干圣水一千盅，
跃上云端攀彩凤。

2008年8月12日

长白山望天鹅风景区

远来不怕路难行，水也清凉山也灵。
褐石空擎排巨柱，青峰壁立作高屏。

千姿小瀑流如画，一泄湍溪唱不停。
鲜为人知绝佳处，乡村美女胜明星。

2008年8月12日

再访集安

楼高林密水如蓝，今日集安非旧谙。
鸭绿江边美钻石，火红塞外俏江南。
古城千载去焉远，后事万般来者担。
欲写新姿寻好句，苦思不觉二更三。

2008年8月17日

【注】

集安市在吉林省东南部，隔鸭绿江与朝鲜相邻。有“鸭绿江边的钻石”“塞外江南”等美誉。境内高句丽古城遗迹，有两千多年的历史。

木兰花·中秋

晚凉天静中秋到，
星淡月明花靥笑。
佳人已远隔迢迢，
犹信婵娟情不老。

昨天会议新开了，

躲进诗园寻异宝。
浮生何患少风骚？
梦里神游醒未晓。

2008年9月14日

山西行（赠太原诗友）

三春三晋访巍岑，五月五台参刹林。
欲觅高山共流水，欣逢雅韵与梅琴。

2008年9月6日

中秋忆改革

普天欢乐又中秋，回首当年百事愁。
改革艰难难在始，风云谲变变无休。
莫叹铺地芳英落，应喜盈枝硕果留。
发展已登高速路，继望来者绣金瓯。

2008年9月15日

【注】

中秋假日期间应约为纪念改革开放三十年而写。

忆江南·残梦

当时景，
淡淡梦魂萦。
大树参天临碧水，
飞花馥郁满园庭。
闲步屡闻莺。

云天望，
无尽似征程。
疾雨雷霆顷刻过，
钧天广乐隐然听。
喜见晚霞明。

2008年9月29日

烂柯山神游

古木森森上翠巅，烂柯山里觅仙缘。
时闻隔叶莺歌细，偶见穿花蝶舞翩。
无事千年如一日，有为一日抵千年。
沧桑流转今何处？正是芳菲九月天。

2008年10月4日

【注】

《水经注》说，樵夫王质在山中观人下棋，一局未终，砍柴的斧柄烂了，回村，人皆不识，已过数代矣。遂有“山中方一日，世上已千年”之说。即使过了千年，但什么也没做，仍等同片刻。

赠吉林援藏英才

昂然踏上文成路，辞别松原赴雪原。
玉宇澄澄无比洁，金阳灼灼最长煊。
族群护爱须经意，宵旰忧勤莫惮繁。
待到大功圆满日，为君凯曲奏千番。

2008年11月6日

自　然

寒来暑往律争违，绿瘦红肥宿有规。
世事难常何必恨，该无为则乐无为。

泾　渭

分明泾渭岂相违，枯涨流洄各自规。
清浊何须全若己，不能为者莫求为。

2008年11月15日

【注】

以上两首七绝为和翟志国而作。翟诗《读老子》：

道法自然谁可违？水流苗长各循规。

惯看妄作终招乱，始信无为是有为。

冬　旅

寻诗觅友一无随，辜负兼程辛苦飞。

枯叶风中飘蝶影，鸦巢枝上映斜晖。

茶馀纷说新粮贵，街里常观美女肥。

冬日灰蒙仍主色，春风送绿几时归。

2008年12月25日

冬夜偶思

满目清辉绝俗尘，风停云霁月华新。

疏枝影似无声画，堆雪形如有梦人。

失虑曾因经阅浅，少诗今为激情贫。

峥嵘旧岁匆匆过，且望春来牛运臻。

2009年1月24日

【注】

2009年为农历牛年。

新春贺岁（和张福有并贺六十寿）

韶光倏忽又牛年，经久诗缘与笔缘。
纵是时空隔长距，亦能日月见华笺。
官场政绩无瑕玷，硕果文坛有巨篇。
身健当逢策乡杖，青春如在自悠然。

2009年1月24日

减字木兰花·元宵节和周笃文

广寒抖擞，
遍洒银辉云雾透。
越水过洲，
祝语频传诗意稠。

龙吟虎啸，
此长彼消时代跳。
今日巨龙，
无意争雄气自雄。

2009年2月13日

【注】

周笃文原词：《减字木兰花·庆元宵》：
冲牛抖擞，犁破层冰春意透。
月满瀛洲，礼炮烟花喜乐稠。

金融海啸，北美西欧鸡犬跳。

降得怪龙，出手中枢看大雄。

对和词的评论。周笃文：“行云流水，此之谓名士风华，本人本色。”翟志国：“此韵难和，此和可谓翘楚。”张福有：“结大好！堪称力盖群雄。”

周词在网上发表后，和者过百首。乃发诗贺之：

似火元宵夜，如椽笔有灵。

曲高和不寡，百首上荧屏。

琐　思

爱意常由心自添，非关西子或无盐。

懒凭风扫阶前雪，照胜灯明天上蟾。

吟以醉情情转淡，忆来说苦苦如甜。

今晨又见琼花舞，冷暖阴晴不用占。

2009年2月24日

漫无边际闲聊

雪霁闲斋尚有寒，漫聊无际不相干。

行为怠惰荒功业，说话难听惹事端。

网上时多仍觉短，囊中钱少易花完。

消磨清兴茶香烈，偶望南窗月已残。

2009年3月19日

醉春风·扬州

月畔云涛涌，
枝头花影弄。
春江花月夜和人，
共、共、共。
廿四桥寻，瘦西湖泛，
惹凫鸣竦。

旖旎扬州梦，
铭心浩劫痛。
历经战毁总重兴，
勇、勇、勇。
东渡遗踪，广陵馀韵，
史轮倥偬。

2009年3月29日

【注】

《春江花月夜》是写扬州的。扬州在历史上多次被战争摧毁。鉴真和尚是扬州人，从扬州出发东渡日本。扬州古名广陵。《广陵散》是曾经流传于广陵的著名古琴曲。

扬　州　行

何事扬州旅？知新把旧温。
睡迟观夜月，起早沐朝暾。

互映亭台秀，相间桃柳存。
忍劳游古巷，冒险吃河豚。
里弄三刀技，厅堂八怪魂。
琼花无久艳，炀帝有悲痕。
瓜渡烟波渺，广陵林色昏。
尤怜史阁部，难守欲倾门。

2009年3月30日

【注】

瘦西湖畔桃李相间栽植为一特色。扬州有著名的技艺三把刀：厨刀、修脚刀、理发刀。扬州八怪纪念馆中有郑板桥等人的珍贵作品。陆游诗句“楼船夜雪瓜洲渡”中的瓜洲渡就在扬州。隋炀帝赴扬州看琼花并死于扬州。明末兵部尚书史可法，人称史阁部，在扬州坚守抗清，城破而亡。

醉花阴·公主岭市建诗词之乡

昔旅常经公主岭，
报站催人醒。
古镇久闻名，
往日烽烟，今日繁荣景。

休言北国霜天冷，
沃野千千顷。
随处有诗人，
文武双全，公主遗风永。

2009年6月3日

小园遐思

入夜风声杂雨声，晓来春圃愈菁菁。
芳菲赏后不惊艳，坎坷行过亦觉平。
云止霞飞随聚散，花高草矮自枯荣。
日晴又得心神好，闲看枝间细叶萌。

2009年6月25日

国庆六十年有感

东升旭日万条金，解脱百年冰火深。
战乱饥寒悲旧忆，腾飞稳定喜佳音。
迅潮漂叶谁家渡，疾雨落英何处寻。
曲折征程花甲过，青春更丽上高岑。

2009年8月19日

游张家界宝峰湖

仙山缥缈白云中，天上泛湖秋色浓。
书记领歌土家曲，故人何日再相逢。

2009年9月12日

深秋访湖南

初惊爽气略加衣，仍是葱茏花缀枝。
湘水默流勾史忆，烟花飞幻惹神驰。
多年不见人都老，诸事纷轮情也移。
住处桂香飘满院，奇峰遥望矗参差。

2009年9月14日

【注】

晚间在湘江边观看对岸燃放的湖南新创烟花产品。

蝶恋花·贺关东诗阵

雅士家园何处觅？
诗阵无垠，四海皆朋迹。
穿越时空传信息，
网谈何必曾相识。

长白今当高爽日，
山色斑斓，纵望秋江碧。
庆五周年添彩翼，
诗坛一帜冲云立。

2009年9月25日

望 江 源

多彩多姿江上源，九山半水半分田。
秋来峡谷舞金凤，春到翠峰听杜鹃。
纵目火红枫叶岭，漫川澄碧七星泉。
仙乡莫道地偏远，物也珍奇人也贤。

2009年10月2日

【注】

江源原是吉林省的一个县，现为白山市的一个区。

登峨眉山闻菩萨六度

仰望峨眉雨雾盘，及巅惊喜见蓝天。
绿红泼染秋林色，吟叹奏鸣流水弦。
人到寺前思六度，心驰云外忆千年。
满山佛气涤魂魄，身未成仙亦近仙。

2009年10月22日

【注】

佛经讲的菩萨六度是：布施、持戒、忍辱、精进、禅定、般若。

乘飞机过黄龙上空

雪峰飞越景观雄，俯望黄龙变白龙。
神女披银惊肃穆，妆裙飘处尽葱茏。

2009年10月24日

九月九日上九寨沟

高登九寨正重阳，山色斑斓红绿黄。
池泊净平镶碧玉，溪流澄澈泻琼浆。
片时气象变晴雨，一路风情说藏羌。
俗世烦多清静少，且来此地觅仙乡。

2009年10月25日

访武侯祠

苍松肃穆藕荷秋，昭烈庙中瞻武侯。
恩润南疆千古业，学留后世万家修。
力扶幼主全忠义，独掌大权无逆谋。
览史如公几曾见？篡奸满目使人愁。

2009年10月27日

居长春廿年有感

小窗寂静对蔷薇，读罢新书赏落晖。
仲夏满城绿如海，隆冬一夜雪重围。
人安有处避风雨，心达无求却是非。
回首沧桑多少事，华年寄此亦芳菲。

2009年11月18日

在长春过元旦

无声无息过新年，足不出门因酷寒。
已却三杈惯客少，又增一岁幸身安。
朔风吹地琼花舞，枯树昂天枝叶残。
书海徜徉自陶醉，神游纵把古今观。

2010年1月1日

奉　　贺

——贺伊通满族自治县诗词学会成立二十周年

七星宝地廿年春，吟帜高擎佳作频。
喜见伊通新面貌，出油出米出诗人。

2010年1月28日

庚寅立春

律至立春闻虎声，晨曦半屡映窗棂。
金鸡啼罢仍慵睡，白发添成不再青。
上网缤纷看世界，望空缥缈数寒星。
远方短信频频到，都祝新年万事宁。

2010年2月6日

新岁和张福有

寒潮凛冽入庚寅，瑞雪纷纷万象新。
朋友闲聊听趣事，史书漫读议高人。
风云叱咤终归逝，岁月平常亦足珍。
喜见霞光染天际，心安体健即青春。

2010年2月7日

一日即事

檐下雪融天转暖，春眠初醒日三竿。
枯条摆摆风吹柳，空宇蓝蓝云聚团。
亏己无妨恒不怨，助人有效自生欢。
今忙非为治平事，待稿诗词催出刊。

2010年2月26日

读李申学文赞人民警察

华章读罢想联翩，血热雪寒经眼前。
一路畅通倩谁保？万家安乐负君肩。
无风不忘浪潮险，有事凭撑稳定天。
都赞人民警察好，永将使命挂心田。

2010年3月12日

【注】

读吉林省政法委书记、公安厅厅长李申学同志赞人民警察的文章，有感而作。

纪辽东·怀古

辽东战事已茫茫，
人犹说帝炀。
创制开河拓疆土，
转瞬竟凋亡。

南朝昏聩毁家邦，
丽华无罪殇。
千古是非谁解得？
怅立问斜阳。

2010年4月19日

【注】

《纪辽东》词牌为隋炀帝所创。他创立了科举制度，开通了大运河，拓广了疆土，却很快就灭亡了。南陈贵妃张丽华并没有什么罪过，却被杀死了。

怀 公 木

——纪念公木百年诞辰

诗社当年仰巨星，至今深念在天灵。
军歌每唱人心振，大笔如松业永青。

2010年5月10日

【注】

公木，原名张松如，曾任长白山诗社社长，是解放军军歌的词作者。

白城三月行

润雨春风到白城，鹤乡杏野聚高朋。
喜闻五大基地起，更焕豪情看振兴。

2010年5月11日

老 榆 赞

荒瘠风沙五百年，承当万苦立如禅。
繁华远隔心灵净，不问炎凉总泰然。

2010年5月11日

【注】

赡榆镇有高大老榆一株，生此偏僻处五百多年。

杏花天 · 通榆万亩杏林

杏林虎岁春来晚，
花方绽，荒原漫遍。
以多为胜而今见，
放眼唯惊绚烂。

入林后，美多愁散。
出墙也，蜂追蝶恋。
芳华易逝花期短，
万物依时何叹？

2010年5月11日

【注】

恰逢虎年，用了“虎守杏林”和“红杏出墙”的典故。

鹤 乡 游

此行处处惹魂萦，绿野无边湖水平。
鹤舞莺鸣入仙境，暖心最是故人情。

2010年5月12日

过怀德观首位知县张云祥所立问心碑

小城怀德处边陬，老树擎天绿叶稠。
常憾纪廉文物失，却惊铭志古碑留。
云祥一世无高任，风节千秋有美讴。
莫论为官多少事，问心不愧首当求。

2010年6月26日

喜迎欧阳老并步韵以和

正当北国芳菲季，轻燕飞鸣云亦驰。
君子相交淡似水，达人处世智如痴。
常耽小室读书夜，更喜高朋聚话时。
诗界皆知公贡献，今朝有幸会于兹。

2010年6月29日

附，欧阳鹤《赠张岳琦主席》：

从政从诗两未弛，钦君才德早名驰。
宵衣旰事勤为训，玉振金声眷亦痴。
为国为民轻自己，吟风吟雅更吟时。
躬叨盛宴情何及，一曲汪伦唱在兹。

三角龙湾感怀

湛湛龙湾碧，湍湍吊水奇。
泛舟展胸臆，邀友酿佳诗。
岁月催人老，风云启我思。
竟游仙境里，且醉忘情时。

2010年7月21日

南歌子·步晓川韵贺沈鹏老八十大寿

墨迹千秋耀，
吟声四海清。
高仁高义伴高龄，
君子之风赢得众心倾。

低调人人敬，
高标事事成。
人生百岁不须惊，
八十正当年壮喜亲经。

2010年8月3日

附，周笃文（晓川）同志原作《南歌子·寿鹏公八十》：

诗品东阳逸，襟怀秋月清。
八方瑞气庆椿龄，喜见蟠桃寿酒两同倾。

今代无双士，龙头属老成。
挥毫墨浪九州惊，胜似黄庭初写换鹅经。

定风波·抗洪

华夏天灾自古多，
又逢连日雨滂沱。
大水汹汹堤屋破，
奇祸！
乡村城市变湖河。

党政军民情似火，
忘我！
救人除险不蹉跎。
总理亲临方略妥，
行果！
英雄苦战胜洪魔。

2010年8月8日

七夕夜思

欲觅牛郎织女星，仰惊河汉亘天横。
鹊桥应以光年计，私语只能今夜倾。
从不爽期仙侣会，永恒相爱至人情。

琼宫缥缈神游倦，满院唯听蟋蟀鸣。

2010年8月15日

画堂春·四平

屡经战火屡重生，
此方毓秀钟灵。
英雄城市数群星，
忆史惜和平。

今得政通人顺，
公私仓廪丰盈。
超常发展正飞腾，
百业竞繁荣。

2010年8月28日

访霍家店

千载古韩州，图新数一流。
村民善自治，困境变丰收。
惊见岭南景，疑非塞北秋。
声名播全国，续有大筹谋。

2010年8月28日

【注】

霍家店古时属于韩州。

沁园春·唐山

与国同名，幽燕巨埠，
渤海明珠。
忆丙辰七月，山倾地覆；
寅时几秒，市毁楼墟。
地火奔鸣，海涛怒舞，
刹那伤亡百万余！
当此刻，
看满城浑似，末日之都。

震波摇撼中枢。
急发令、多方齐救扶。
值国家尚乱，聚仍立聚；
库银虽窘，孤竹非孤。
劫后重生，凤凰浴火，
富美安强今貌殊！
誉无数，
信中华儿女，万难能除。

2010年9月6日

【注】

中华诗词学会组织唐山采风，写此。唐山是唐朝时命名，至今海外华人仍把中国称为唐山。商代的孤竹国位于唐山。唐山也称凤凰城。

唐 山 行

临渤依燕天赋秀，流连今作凤凰游。
夷齐故地风华盛，煤铁摇篮气度优。
美可比花醉诗客，富能敌省占排头。
大灾之后昂然起，更有宏图正运筹。

2010年9月6日

【注】

伯夷、叔齐的故乡在现在的唐山。

唐 山 新 姿

地震伤痕何处寻？高楼美厦矗如森。
绝佳生态非原貌，特色方言仍婉音。
开拓海洋兴大港，腾飞经济振人心。
芬芳最属东篱菊，阵阵熏风吹我襟。

2010年9月11日

中　秋

正赏柔辉花影挪，中秋又是一年过。
仰观银汉无津渡，欲上青云少玉靴。
火箭虽曾如月陆，广寒仍信有嫦娥。
纷纭烦事暂须放，清梦应期今夜多。

2010年9月22日

天津之旅

海河泛舸赏繁星，津卫百年今夜行。
华丽楼台排错落，尖端科技现峥嵘。
故人都已居高位，小宴未曾忘旧情。
寻得陈塘关址在，云飞浪涌野鸥鸣。

2010年10月2日

【注】

天津陈塘庄，传说是神话中哪吒的故乡。

西湖游感

西子西湖恰比伦，东坡遗韵水光粼。
日巡赏得柳如浪，夜泊观来灯似辰。
朋友重逢情未老，江山再访景常新。

兴亡几度叹陈迹，国势康强处处春。

2010年10月29日

出席经济论坛

平明观雪午闻莺，飞抵椰城云影横。
海浪堆银惊扑岸，葵林滴翠慢摇旌。
两难取舍尤须慎，百乱是非仍可清。
他日阴晴谁料得？涛声入夜似雷声。

2010年12月10日

长春严冬

雁群有感早飞南，厚着依然冷不堪。
狂舞雪花千万万，凄行路客两三三。
地球变暖生疑问，温室预言当笑谈。
欧美也传冰覆道，夜来重被睡难酣。

2010年12月22日

松花砚赞

松花本是龙廷砚，碧透晶莹人见怜。

翰墨收藏两时尚，琢成工艺巧同天。

2010年12月31日

贺公主岭获“诗词之乡”称号

诗乡何处是？公主有佳篇。
实至名归誉，敢争风气先。

2010年12月31日

悼　友

博深雅善达如君，逝去无求拱木坟。
万物质通归宇宙，千愁烟散作浮云。
蝶庄谁梦原难辨，生死孰安争易分？
仙迹逍遥何处在，仰观大雪舞纷纷。

2011年1月2日

附，此诗在网上发表后，一网友将其译成了白话诗《悼友》：

先生渊博而深邃，
高雅而善良，
是豁达无欲之人。
即便身后，
连树木拱抱的好坟墓

都并不追求。

物质不灭。
万物本质是相通的，
都是宇宙的组成部分。
人的去世也只是回归宇宙。
至于生时的千百种愁思，
那就都消散了，
像轻烟浮云一样。

庄子曾梦见自己变成了蝴蝶。
他怀疑，
究竟是庄周梦中变成了蝴蝶，
还是蝴蝶梦中变成了庄周？
醒着是真实的，还是梦境是真实的？
生是真实的，还是死后是真实的？
这个经典的问题
原本就是难以辨析的。
生者希求平安，死者入土为安。
究竟生与死哪种更安宁？
这个问题也是不易分清的。

据说人仙去之后进入了另一空间。
您逍遥的仙旅踪迹在哪里啊？
仰观天空，没有答案，
唯见漫天大雪纷纷飞舞。

燕归梁·冬旅故地

攀壁长藤已萎黄，
尚装点高房。
凋零老树一行行，
望空宇，望斜阳。

今冬无雪，干寒不爽，
醒梦两迷茫。
故人相会话沧桑，
或惬意，或彷徨。

2011年1月22日

迎辛卯月下有思

玉兔迎新夜不眠，辛勤捣药伴婵娟。
一轮升起照无际，三窟筑成防未然。
应兆国强续腾跃，更期民富乐团圆。
赏冰弄雪闻春讯，回首光阴如逝烟。

2011年1月26日

谢诗友赐和

四海吟章云集处，随同瑞雪织琼图。
人逢盛世襟怀壮，诗出群贤风格殊。
道路平崎均越迈，田园旱涝不荒芜。
时空无隔文心系，谋面纵稀情甚都。

2011年2月10日

【注】

“辛卯开岁诗家联唱录”发表后，和者甚众。这首诗乃为此而作。

周笃文介绍“辛卯开岁诗家联唱录”的源起：

除夕夜分，书坛泰斗沈鹏以“兔毫落墨”一联首唱，旋以手机发付老诗人周笃文，乃成“日月经天”一联并转发长春张福有副会长，得第三联“抟云直扫”之句，最后由吉林省政协老主席张岳琦以“一派煦和”足成之。

兔毫落墨三江水，国事开春八阵图。——沈　鹏
日月经天黄道正，参商得所赤星殊。——周笃文
抟云直扫高峰雪，移海能青大漠芜。——张福有
一派煦和昭万象，诗情豪气满神都。——张岳琦

采桑子·元夜

广寒此夜应无睡，
倍洒清晖，
透入帘帏，
雪白灯红烟火飞。

山河有梦今宵醉，
云月相追，
情侣相偎，
浑忘人间闲是非。

2011年2月18日

图们感赋

白山为帽水为裙，边地明珠少旧痕。
百业兴隆精且劲，万家安乐朴而敦。
风光处处今尤美，苦难重重史尚存。
民族盛衰时也命？国门东望每牵魂。

2011年3月5日

三月杂感

世事千般未可常，登高舒目赏晴光。
经冬积雪成流水，醒梦花枝欲吐芳。
西战喧嚣无正义，东灾惨烈有馀殃。
今能安泰应珍惜，纵得天时须自强。

2011年3月29日

【注】

西战指伊拉克战争，东灾指日本海啸和核泄漏。

贺段成桂先生京华书展

二十年前知伯硕，政文俱进业成多。
尤其书法动华夏，亦似行云亦似歌。

2011年4月8日

【注】

段成桂，字伯硕，吉林省政协原副主席、中国书法家协会副主席。

永遇乐·北国早春

细雨新晴，小原柔润，似肤如脯。
满目生机，芽萌叶吐，浅草初蒙路。
清香欲沁，南风轻拂，翠鸟咯叽频语。
送冬去，枯荣又替，光阴荏苒飞度。

杏花深巷，陆游心动，明艳千年仍驻。
人面桃花，情牵崔护，笑靥今如故。
梨花带雨，乐天神往，恰拟贵妃美喻。
问芳蕊，兴亡记否？展颜似诉。

2011年4月23日

千秋岁·纪念建党九十周年

南湖七月，
舟上开宏业。
前路远，千回折。
漫漫长夜里，
多少英雄血。
今回首，
艰难险阻都超越。

一统烽烟灭，
续补金瓯缺。
国脉固，真如铁。
腾飞惊世界，
崛起谁能遏！
谋民福，
九旬不减青春热。

2011年5月26日

出席辞赋论坛有感

京城五月赏繁花，齐聚一堂多大家。
辞赋绵延写千载，亦诗亦论壮中华。

2011年5月27日

长白山记

雪峰高耸，谁绘千秋美画？瀑布轰鸣，天奏万古瑶琴。瀑下飞珠溅玉，昼夜风雷，疑银河之一注也。

举足烟霞有路，纵目林海无涯。花繁时，一望能醉，十里花间诗情荡漾；涧窄处，半步可横，百寻涧底江河奔流。松称美人，展倩影修婷；林为原始，实鸟兽渊薮。绕巅白云闲闲，云隙时露青草；覆坡积雪皑皑，雪边偶见紫葩。长白生命顽强奇绝如此。

溪流欢快湍急，唱四时不绝之曲；天池神秘静湛，供三江丰沛之源。或怨天池难得一见，艰难登攀，却被云遮雾掩；吾言贵在如此，绝世佳人，面纱岂可轻撩？顶峰阴晴一时三变，惊艳只待机缘耳。

伟哉长白山，虽僻远而居人心。小平曰：不登长白山见天池会终生遗憾。信然。

余登此山，或陪要人，或伴诗友，或为其他公务。每次所见所触，皆不同之长白。或居陋室，夜寂灯暗，辄虑狂风破庐，晨起惊见大雪掩门；或住星店，屋华泉温，屡有白云窥窗，凝思顿觉红尘远我。奈何前后如履他山耶？盖时过境迁，事移人换，心情亦有异耳。

山不惟高，贵载历史之厚重；水不凭深，在保常年之澈清。于峰端思之，古乎？今乎？如穿时空。临溪畔羡焉，泉耶？酒耶？难分孰净。登此山，顿觉帝远天高；嗅其馥，总感气灵仙近。

风光绝美，固可使人心旷神怡；岩渊险峻，亦足发人深省。人或履险，只能面对，恐惧徒增悲；事有遇危，应谋解渡，怨尤全无益。繁华销尽，品之渐觉无味；崎岖走过，回首竟如坦途。山纵有情仍未老，人或无愁亦皤然，乃叹人之暂山之永也。

子曰：知（智）者乐水，仁者乐山。吾长白智仁两宜焉。

2011年6月28日

肇源印象

江左风光属肇源，河湖草地绕良田。
荷花千顷连云艳，芦荻万条摇浪翩。
史说辽金皇与后，忆追岁月火和烟。
而今百业俱腾跃，油富粮丰盛世天。

2011年7月28日

访出河店古战场二首

一

三千金旅敢冲阵，十万辽军顿掩旌。
信否时来天也助，或风或水尽吾兵。

二

激战江湾斩万头，陈尸千载弃荒陬。
偶因犁地见天日，竟入堂皇文物楼。

2011年7月28日

【注】

九百多年前，女真三千多人在出河店对阵十万辽军。风沙骤起，直扑辽阵。女真大胜，为金国的诞生奠定了基础。近因农民犁地，发现了许多战争遗迹。

七夕望星空

仙侣似巡河汉游，鹊桥偶或改兰舟？
今宵短聚浓情放，此刻长存苦绪收。
障碍三千难不惧，光年十六远何愁！
佳期永约从来准，相爱人间羡女牛。

2011年8月6日

【注】

按天文学，牛郎星和织女星相距十六点四光年。

诉衷情·贺长白山诗词出第一百期

百期合卷忆流年，
往事过云烟。
当时应运初创，
更历几重关。

磨韵笔，聚群贤，
汇佳篇。
路通天阔，畅意驰驱，
笑指前川。

2011年9月11日

长春中秋望月

中秋此夜月尤圆，长假三天大事连。
恰值教师庆佳节，又逢反恐纪周年。
全球争说危机重，多国深忧债务缠。
东起婵娟依旧美，清晖曼照自超然。

2011年9月12日

忆江南·通化诗词会议

通化美，
塞北比江南。
五女峰头风景异，
碧波鸭绿好扬帆。
千载古城岩。

松花砚，
盛誉世人谙。
米地药都齐发展，
钢城酒市跃腾酣。
诗雅更非凡。

2011年10月14日

水调歌头·观壶口瀑布

纵目黄河远，隐约入云端。
千回百转来此，万马奔声喧。
叠叠浪涛堆雪，派派激流织练，
呼啸泻高巅。
雷霆千钧力，击起雾冲天。

山围视，云照影，鸟盘旋。
沧桑阅久，雄气无改壮中原。
浩浩穿过两汉，郁郁流经五代，
抗战又烽烟。
今值风光好，忧患总情牵。

2011年10月28日

附，网友评论摘编：

养根斋（张福有）：大作势足力雄，颇具豪放之风。

龙山樵夫（刘丰田）：词风刚劲，读后奋然。足显胸襟气魄。

一叶轻舟（王卓平）：大气，下阕尤佳。

沈鹏云：该词如浩浩荡荡的黄河之水，气势恢宏。

幽燕（贾维姝）：“今值风光好，忧患总情牵。”荡气回肠，结句令人深思。

长白岳桦（刘会成）：“雷霆千钧力，击起雾冲天。”有气势！

玉湛清秋（李容艳）：澎湃壮观真如天上来……好词赏学！

临清居士（吴文昌）：大气雄浑，笔力千钧。状景形象生动，如在目前；咏史一唱三叹，一笔千年。结句立足当前，回溯历史，前瞻未来，从中华民族辉煌与屈辱并存的历程中，生发出强烈的忧患意识，耐人寻味，发人深省。格律严谨，语言流畅平实，也是该词一大特色。

念奴娇·关东雪

云低天阔，
竞纷飞，谁撒漫空琼屑。
山披素装林径没，
片刻世间全洁。
三两行人，匆匆瑟瑟，
扑面西风烈。
地球变暖，
关东今只寒彻。

心绪宜掷云端，
风光成一色，莫分优劣。
明日之烦还未到，
昨日之烦都别。
小事如毛，何须挂虑，
大事高峰接。
算来我辈，
原应心净如雪。

2011年12月12日

附，网友评论摘编：

龙山樵夫（刘丰田）：（全引下阕后）句句都好。赏学！

沈鹏云：视觉不一样，感悟不一样，写出的词也与众不同。

养根斋（张福有）：眼界取决于站位。

月高风清（高丰清）：凭高望远，气势恢宏！

临清居士（吴文昌）：由最常见的关东雪入手，写人类与自然界剧烈、深刻的变化，从而透视出人们心态的变化，告诉人们只要心态宁静、心净如雪，就会泰然处之，不为所扰。展示了敏锐的洞察力和宽广胸怀。用词准确，语言凝练，大气深沉，读了给人以启迪和力量。

耐寂轩主（翟志国）：再赏。上片景活，过片情真，开阔而严谨。明日之烦还未到，昨日之烦都别。小事如毛，何须挂虑，大事高峰接。趣而洒脱，激赏！披，原来可仄读。

幽燕（贾维姝）："明日之烦还未到，昨日之烦都别。"俺喜欢这样。

车力果园（王晟贤）：胸怀宽阔，词映人品！咏雪寄情，纯净圣洁！

云笺（赵丽萍）：咏雪极品，后面学习！

阿豆（黄春华）：好词，佳句多多。境界开阔，清逸高远。

新年随感

二零一二有何奇？北美西欧纷议之。
草照青青花照艳，海仍湛湛陆仍夷。
天生异象心空惧，人造战端灾即罹。
做好自家柴米事，依然喜庆看朝曦。

2011年12月14日

【注】

西方媒体盛传2012年是世界末日。

有感迎春唱和过百首

文友高吟度雅年，诗传何止路八千。
上由京阙下行野，南自琼州北过燕。
韵国豪情焉有界，龙乡春色正无边。
承唐继宋开新页，奋笔齐书锦绣天。

2012年1月6日

龙年（步张福有韵）

壬辰举目好春光，大地苏醒仍素装。
身外严寒何畏惧，心中温定自芬芳。
求成势必人经苦，为善原能天降祥。
信是龙年多吉利，共祈国泰与民康。

2012年1月20日

壬辰联句

龙孙吐节存高远，凤羽摩云振大千。（沈　鹏）
万国轺车驰魏阙，百重佳气满幽燕。（周笃文）
史从汉障通关外，春引唐声出柳边。（张福有）
四海风烟纵难测，金虬顺势必翱天。（张岳琦）

2012年1月22日（农历除夕）

清平乐·上元望月

天寒月远，
休叹时光短。
云里婵娟来似晚，
更觉美华款款。

人生难得辉煌，
自求快乐何妨？
莫负清风朗月，
喜闻国盛民昌。

2012年2月6日

【注】

周笃文评：佳作也，光风霁月，一如其人。

壬辰二月初二

龙年龙日岂寻常，天降琼瑶地换装。
老树枝虬尤耐冷，娇花芽嫩尚须藏。
爱看词美飞来信，乐赴情真偶约觞。
莫道雪多行不便，益农添景酿诗章。

2012年2月23日

慰勉和翟志国

算来诗雅最风骚，吟醉使人愁尽抛。
锦绣成刊君熟路，险些大任失之交。

2012年3月29日

【注】

诗社聘翟志国任《长白山诗词》常务副主编，翟初推却，后终接受，并寄来一首五绝《重回诗社坐班自嘲》：

但能倾力侍风骚，些许矜持尽可抛。
自笑曾为弹铗客，街头立雪等公交。

闻 雨 二 首

一、听雨思农

直疑梦境抑诗境，却赏鹃声夹雨声。
望去应能解春旱，想来又是好年成。

二、听雨观时事

如争如吵扰清梦，风雨西南大做声。
晨起欲寻伤毁迹，满园红紫更欣荣。

2012年3月30日

风 雨 蔷 薇

蔷薇繁盛上阳台，一夜狂风毁可哀。
恰似人生多不测，福灾常是突然来。

2012年3月31日

醉太平 · 游旧园

孤榆老态，
弯枝尚在。
鹊儿飞落自欢快。
惜见迎春败。

茫茫往事思无奈。
人今遇，惊衰迈，
说起时闻叹其怪。
夕照转楼外。

2012年 4 月10日

【注】

迎春，指迎春花。原来的一位熟人显得很衰老。和他说起当前时事，他都没听说过，并觉得奇怪。

贺唐作厚将军寿

贵在高龄体魄坚，诗情无限恰如仙。
君今八十并非老，百岁仍然是壮年。

2012年4月13日

步唐将军韵并贺八十大寿

工作兹由来者忙，乐于风雅拓新荒。
当年戎马成佳话，今日歌吟续远航。
惯赏边城冰雪美，喜闻黑土稻花香。
向多词客出军旅，鹤寿何妨诗酒狂。

2012年4月13日

铜 陵 船 上

无边春色到铜陵，入夜琴声杂雨声。
相聚抒怀话今古，西窗望去已初晴。

2012年5月7日

三　　月

正是春光明媚时，依然无绪又无诗。
厌闻网上烦心事，闲看红桃花满枝。

2012年5月25日

月夜登高

云天舒目畅胸怀，月色无边香气来。
何处瑶琴声断续，夜深犹奏凤凰台。

2012年5月26日

悼刘忠德同志

回思促膝长谈夜，犹记睿言和笑颜。
着意育才多建树，呕心文化勇登攀。
何期鹤驾飞蓝宇，休忘仙踪到白山。
生命有涯总归逝，永留忠德在人间。

2012年5月31日

【注】

刘忠德同志是集安人，生前曾在大学和国家教委工作，又曾任中宣部副部长、文化部部长。

步韵贺翟志国获奖

昆山风景数今妍，佳奖佳诗喜又怜。
何事能持千载好，花开一日即为鲜。

2012年6月3日

【注】

翟志国的诗获奖，他去昆山领奖时发来七绝《颁奖会上获赠鲜花》：

一束馨香带露妍，精心搭配更堪怜。
捧来贪嗅轻呵护，为叹能留几日鲜。

贺长白山文化论坛

论坛贤集树高旌，长白山间花正荣。
碧水三江育奇秀，沃原千里益农耕。
几朝族部应时起，多少英雄此处生。
人杰地灵文蕴厚，说今评古注深情。

2012年6月18日

贺中华诗词网上线十周年

仗义疏财办网坛，中华诗海起高澜。
交流何患难谋面，发表无须苦候刊。
佳作纷呈织锦绣，新英辈出矗峰峦。

人生幸事此为重，天下俊才因汝欢。

2013年6月24日

【注】

据闻此网开始为私人出资创办。

步韵贺航天探海新成果

既巡空宇又探洋，欢颂神舟今返航。
科技腾飞如迅箭，中华发展似朝阳。
外来封锁居心恶，反促创新佳境长。
曾坐天宫观世界，何须别处觅仙乡。

2012年7月1日

【注】

周笃文同志发来霍松林的诗和他的和诗，应请加盟唱和。

梅河口采风

一别梅河十几年，故人星散地依然。
四通八达金枢纽，三水七田鱼米川。
长白松辽兼有韵，文明富庶信无边。
诗家到此胸襟畅，陡发豪情思涌泉。

2012年7月9日

夏 日 小 园

极度葱茏反似荒，叽喳飞雀一双双。
蔓藤不识谁家院，爬过邻墙窥小窗。

2012年8月22日

重庆武隆天生三桥

千回路转上奇峰，花木蓊繁绿杂红。
洞顶高悬泉细细，眼前错觉雨蒙蒙。
远望方识山如栱，近涉唯惊崖似穹。
古驿唐风惹遐想，闻言或可越时空。

2012年9月13日

中秋和吴文昌

本是布衣客，却怀天下愁。
钓鱼自有舰，薄氏已无钩。
期待新才俊，升华老玉瓯。
婵娟今更美，诗酒伴中秋。

2012年9月30日

赋闲（和翟志国）

赋闲尚虑国家安，室小心中天地宽。
日日荧屏看换届，冀望来者作城干。

2012年11月20日

附，翟志国《闲居随笔》：

会友敲诗不寂寥，临屏动辄到深宵。
单身何事嫌单调？一日三餐下面条。

给去扬州开会的翟志国

春江花月夜，梦幻古扬州。
伙食不单调，西湖瘦可游。

2012年11月21日

冬日心绪

草木隆冬不再青，故人相继报凋零。
当年诸事如烟散，入夜遥望几点星。

2012年11月29日

寒　冬

北国隆冬彻地寒，漫天飞雪路行难。
又闻老友身方去，屡接噩传心不欢。
艰险历经才知味，爱愁忘却始成烟。
休言底事千钧重，放下即能胸界宽。

2012年12月7日

辞岁曲（柏梁体古风）

今冬低温历年稀，小园频见雪埋篱。
夜望天河疑流澌，嫦娥畏冷出亦迟。
但得心中存雅思，或热或寒都是诗。
末日过后重计时，环顾世界仍萎靡。
唯独华夏风光奇，发展稳定两能持。
中枢新人展新姿，复兴路上再驱驰。
我辈贺岁无多词，兴来把酒约相知。

2012年12月29日

【注】

柏梁体要求每句七言，平声韵，句句押韵。末日，是说西方媒体盛传2012年12月21日是世界末日。

迎春随想

朝晖一缕亮如金，噪雀窥窗弄巧音。
积雪扫完旋又下，小诗梦得醒来吟。
信能大业开新面，喜见英才登伟岑。
度岁休言人更老，放怀犹是少年心。

2013年1月23日

对联两副

一

雪舞漫天，千里还家心早到；
春临大地，百年强国梦能圆。

二

世上重情，几人堪比白娘子；
友林仗义，千古当如青妹儿。

2013年1月25日

【注】

第二联为蛇年说蛇，褒义正说，不用蛇字。

美 国 心 态

决把重心放亚太，不成节外又生枝。
管他袭击波斯顿，战略焉能再转移。

2013年1月25日

【注】

媒体报道，奥巴马宣布战略重点转移亚太之时，波士顿发生恐怖袭击。

暴 风 雪

有风无雪惹尘飞，有雪无风雪不吹。
风雪而今齐作暴，琼花狂舞吼声悲。

2013年3月1日

也说愚人节

世间万象本纷纭，智者时难辨假真。
允许骗人成节日，不妨一笑爽精神。

2013年 4 月6日

【注】

翟志国传来他的一首关于愚人节的诗。此是回复。

清明后随想

春光迟未到春城，大雪纷飞久不停。
一有馀闲寻妙句，百无聊赖看荧屏。
身临故地全更貌，人老他乡几忘龄。
又听东邻擂战鼓，苍生何日得安宁。

2013年 4 月12日

禽 流 感

鸟语花香本是诗，而今闻鸟远离之。
只因突发禽流感，一片羽毛都可疑。

2013年 4 月14日

杂 感 三 首

一

送走年华何可庆，迎来生日亦非功。
本应慨叹平添岁，祝寿张扬理未通。

二

虚张声势放狂言，让你吃惊心不安。
独唯日本得渔利，乘此扩军挑事端。

三

椰绿云稀海涛急，眼前南国梦中诗。
遗忘过去等于老，说事谈人忆起迟。

2013年 4 月18日

观澜湖温泉

池畔蛙声如犬吠，枝头鸟语胜琴幽。
温泉疗罢思归去，纵是梁园莫久留。

2013年 4 月26日

闻　灾

春夏多曾遇灾祸，萨斯地震与风波。
千难万险能超迈，一往无前奏凯歌。

2013年4月27日

小　园　春

细细草芽才破泥，纷纷苞蕾缀桃枝。
满园都是春消息，娴静白云知不知?

2013年5月2日

武陵春·蔷薇

幸得佳株勤护看，
成长始蹒跚。
细灌精培历数年，
枝蔓竞登攀。

满壁花开何所似？
霞彩接云边，
百万红兵聚大山，
楚楚众天仙。

2013年6月10日

谒金门·暴雨

浑如战，
摧毁繁花千万。
此景此情休慨叹，
盛衰原易变。

旧友星流云散，
往事愈行愈远。
仰望长天晴色现，
欢鸣飞紫燕。

2013年6月30日

忆江南·秋叶

秋叶美，
恍若故人归。
曾沐春温含雨露，
更经霜冷映霞晖。
终得满天飞。

2013年7月7日

忆江南·纪念长白山诗社成立三十年

成社日，
诸友正年轻。
条件艰难怀使命，
前途曲折总重生。
板荡铸群英。

2013年8月12日

鹤　乡　游

此行处处惹魂萦，绿野无边湖水平。
鹤舞莺鸣入仙境，暖心最是故人情。

2013年9月14日

老　人　节

登高赏菊话重阳，古道沧桑有热肠。
法定今成老人节，老人犹作少年狂。

2013年10月13日（农历九月九日）

孤　　芳

寒雀喳喳觅旧家，斑斓霜叶映残霞。
满园萧瑟深秋气，一处蔷薇犹放花。

2013年10月24日

十八届三中全会颂（和吴文昌）

正值斑斓霜染林，京都喜听发纶音。
复兴前景观来近，改革宏图步更深。
扫荡腐贪清吏制，禁查奢宴得民心。
山河闻此当腾沸，笔老思迟亦作吟。

2013年11月16日

病 中 吟

未晓缘由突染疴，塌床辗转半年多。
百方疗效微如蚁，一路康程慢似蜗。
诗画情怀浑远去，烦愁日月苦消磨。
哪天曦照醒来后，疾痛全无乐放歌。

2014年2月3日

马年迎春（和张福有）

喜鹊登枝不畏寒，晨曦一缕上高端。
富民强国凝神做，气正风清刮目看。
世界政坛由你变，金融乱局独吾安。
马年祝福频频到，乘兴雪中望远峦。

2014年2月 4 日

望江东·大雾

三尺看人不清楚，
慢又堵，车横路。
遥山近屋隐何处？
日似月，朝如暮。

周郎赤壁曾凭汝，
更助战，龙冈雾。
惜今污染被人恶，
治顽疾，终将愈。

2014年2月21日

【注】

毛泽东诗句：雾满龙冈千嶂暗。

拥护全国人大两决议（步沈鹏先生《马咏韵》）

篡史邪风日盛行，中华义正发强声。
极端惨祸须长记，彻底终赢靠久征。
鬼子虽降无悔意，人民常警有和平。
神州恰值春光劲，恶兽如狂再执缨。

2014年3月2日

【注】

2014年2月27日，十二届全国人大常委会第七次会议确定9月3日为抗战胜利纪念日，将12月13日设立为南京大屠杀死难者国家公祭日。篡史，指日本否认侵略历史，否认南京大屠杀的言行。久征，指抗日持久战。苏军与日本打了不到一个月，美国与日本打了三年多，从九一八算起，中国人民和日本侵略军打了十四年。

早 春 随 想

徘徊云散洒晴光，雪化冰融风尚凉。
偶忆青春惊白发，虽居僻室见遐方。
利中获少少招祸，分外享多多不详。
树上雀鸣知有意，唤呼红紫与芬芳。

2014年3月4日

汉中拜将台

汉中城内耸高丘，大将威名依旧留。
暗度陈仓平列国，疾驰垓下定金瓯。
忍无可忍常须忍，忧本应忧勿忘忧。
雄略向能操胜算，却遭密室女人谋。

2014年3月25日

【注】

汉中拜将台，相传为刘邦拜韩信为大将时所筑。

诉衷情·读《念奴娇》感怀

当年兰考最牵魂，
洒泪感全民。
好官完美标准：

焦裕禄精神。

闻早岁，即身遵，
有词存。
襟怀如此，掌舵中华，
官服民亲。

2014年4月4日

怀　念

焦桐已茂鸟声频，再访沙丘满目春。
今有繁荣思旧苦，得来幸福念斯人。
艰贫兰考全然变，裕禄精神永世珍。
何谓为官高境界，心中无我只存民。

2014年4月4日

贺省政协六十华诞

风雨同舟六十年，漫长道路走来宽。
协商齐聚党和派，议政广通民与官。
无数良谋惠群众，几多才俊上高端。
今逢盛世春光好，圆梦中华献寸丹。

2014年6月6日

忆政协岁月二首

一

十载同行应是缘，协商议政共排难。
委员届届谊情厚，时有故人相见欢。

二

政协春秋非等闲，总关民众暖与寒。
大功大业姑休论，长白诗词亦可观。

2014年6月6日

【注】

长白山诗社多年来一直是省政协的一个机构。

悼 翟 志 国

一代诗星悲陨落，风吹花片撒山河。
千篇佳作流传广，几度兴刊贡献多。
能以直言抒善论，常将短信互商磋。
博深学识随君去，怅望南天叹逝波。

2014年7月27日

和吴文昌

仙逝西翔云汉横，芝兰玉树是高成。
原知生死乃天定，厚德方闻彩凤鸣。

2014年8月9日

附，吴文昌原诗：

失怙虽然泪纵横，双亲毕竟愿终成。
灵鸡似解天人意，安葬全程振翅鸣。

观好太王碑有感

古碑立此越千年，芳草丛生枯又繁。
总见熹微朝日起，时闻格磔鸟声喧。
隶书工整同文证，汉字端庄铁史言。
风雪沧桑无倦意，遥从边地望中原。

2014年8月16日

东丰印象

横卧辉河倚长白，有粮有矿有人才。
秋红夏绿大枫岭，暮鼓晨钟小五台。
万顷良田苗愈壮，百强林业树仍栽。

名传世界农民画，更得诗乡美誉来。

2014年8月16日

感纳兰性德祖籍地诗人雅会

冲出群山叶赫河，岸边往事史传多。
水滋今日米粮地，土没当年战士戈。
富贵身为相国子，忧伤情漾俊才歌。
上承唐宋星光灿，四海纷来仰伟峨。

2014年9月2日

采桑子·咏荷

湖边出水芙蓉绽，
花艳如颜，
叶举如禅，
波静云飞玉宇宽。

不妖不染清操善，
圣也亲莲，
佛也亲莲，
高洁能持自是仙。

2014年9月5日

东 阳 行

古城居翠微，新貌映朝晖。
影视来横店，风光赏鹤归。
东阳今不瘦，经济可称肥。
画水歌山美，百工千艺飞。

2014年9月14日

【注】

东阳有横店影视城，有落鹤山等景观，有画水歌山、百工之乡、工艺美术之乡等美誉。南北朝时期，东阳太守沈约，腰围瘦减，人称“东阳瘦”。

秋日赴南方开会

梦中旧地惹魂牵，物异景非心怅然。
萧瑟荷塘花已了，徘徊树杪月犹圆。
故人老矣新人健，前浪过焉后浪连。
忆说当时风与雨，激扬仿佛再青年。

2014年9月17日

赞《中国工艺美术全集》

举国齐心成大全，天工开物续新篇。

中华文化添精粹，功在千秋鸣世传。

2014年9月17日

长白山秋望

峰雪千年素，霜枫一谷红。
怡情秋色好，造化与人通。

2014年9月30日

相见欢·深秋

无风无雨无尘，
且无蚊。
不热不寒秋色正宜人。

踏落叶，
趁明月，
看残云。
恍若身随思绪到河津。

2014年10月30日

贺张福有发现远古手斧

此斧当时即绝佳，珍传代代秘山涯。
而今发现谁之力，原是诗人考古家。

2014年11月7日

患白内障经历

朦胧文字隐，僵直眼神呆。
闭目听电视，临窗观雾埃。
就医知有险，手术且登台。
忽见早时景，光明竟又来。

2014年11月24日

【注】

手术前医院要求患者在一文件上签字，说手术可能造成失明等。

虞美人·看楚汉传奇有感

妙姿美面人间缺，
一代婵娟月。
乱时美女遇英雄，
更为英雄所爱两情浓。

随王伴驾征天下，
战亦增风雅。
兴亡势转似云飞，
纵返江东焉得美人归。

2014年11月27日

【注】

用《虞美人》词牌写虞姬。杜牧认为项羽不该自杀，应回江东。曰“江东子弟多才俊，卷土重来未可知”。此处说，纵返回江东，也没有虞姬了。

谢池春·迎乙未杂感

瑞雪纷飞，冬景宛然天绘。
覆银装，山川梦醉。
冰场如镜，赏滑姿优美。
恍身随，返青春岁。

羊年又到，泰定繁荣弥贵。
远西望，狼烟战毁。
思今追古，必强方无祟。
续腾飞，再图升位。

2015年2月16日

吊鸿沟楚汉古战场

曾接河淮携岳邙，金风吹皱水沧沧。
当年王者伪言好，后世诗家叹赌狂。
约定怎包生与死，安危只系弱和强。
鸿沟漫说不能越，转眼千军已破防。

2015年3月21日

【注】

鸿沟是连通黄河与淮河，靠近中岳嵩山和邙山的古运河。刘邦项羽曾在此达成“鸿沟约定”，说好分土而治，互不逾越。项羽后撤之始，刘邦立即发兵进攻，遂致项羽灭亡。韩愈有诗曰：“谁劝君王回马首，真成一掷赌乾坤”。

久　　病

老之已至更如何，温饱清闲诗趣多。
怎奈风霜又一岁，仍无妙药去沉疴。

2015年4月7日

清平乐·早春

春回律转，
新草稀疏短。
桃李枝条芽欲绽，

绿染蔷薇细蔓。

老来迟钝凉炎，
许多风景曾谙。
仍赏云霞变幻，
喜听燕子呢喃。

2015年4月8日

孟夏读庄子

日晴心静读南华，无古无今无际涯。
偶尔抬头望尘世，蔷薇盛放似云霞。

2015年6月8日

步韵答聂德祥赠诗

心与诗词早有盟，昔时忙碌笔难擎。
幸来诗国廿年旅，喜得吟朋一片情。
筹款事成艰亦乐，办刊力聚重如轻。
芳园已是百花放，更赏莺歌和凤鸣。

2015年6月13日

【注】

根据中央通知精神，领导干部担任社团职务，不得超过七十岁。我在诗词学会部分副会长会上宣布辞去会长职务，推荐张福有任会长。次日聂德祥副会长发来一首七律，感而和之。聂德祥诗：

巍巍长白结诗盟，领袖群伦一帜擎。
撰述妙文弘哲理，放讴心曲抒真情。
待人亲近尊卑忘，处世平和名利轻。
廿载辛劳多美誉，林泉乐憩听莺鸣。

采桑子·抗战胜利七十周年之端午节

风和日丽端阳好，
遥祭江津，
纪念诗人，
千古离骚爱国魂。

正逢抗战周年纪，
警惕东邻，
富国强军，
国弱人欺道理真。

2015年6月20日

北戴河休夏

几多大事有遗踪，山翠海蓝西照红。
窗前花开竞娇艳，楼中人困睡蒙眬。

夜惊骤作风雷雨，日听交鸣蝉雀虫。
信步小园荒草径，杂思乱绪顿然空。

2015年8月5日

贺中华诗词学会第四次代表会（恭步马凯同志韵）

今逢盛会不为迟，何事全无节外枝。
发展征程持奋进，复兴大业正风驰。
信生来者能超昨，喜见新人美似诗。
更得凯君施鼎力，比唐越宋此其时。

2015年8月6日

霜天晓角·赞中华诗词学会四代会

金秋盛会，
风雅堪称最。
怀旧赏新何感，
梦更美，吟更美。

中华佳运至，
奋强看崛起。
领袖诗人高范，
当年是，今又是。

2015年8月16日

诉衷情·秋感

斑斓已染暮林梢，
落叶舞飘飘。
敲窗半夜寒雨，
园圃惜多凋。

寻美景，
步晴郊，
杂愁抛。
此时休说，
秋色萧条，经济萧条。

2015年8月31日

闲　　情

中秋兴味一杯茶，坐盼东山起月华。
日暮天高寒气重，蔷薇犹放两三花。

2015年 9 月27日

赞吉林1号卫星（步张福有韵）

腾飞力量有源泉，梦与卫星同上天。
一派山河皆易览，万条信息不难编。
巡空取像辨真细，以省命名称最先。
尽赏丰收吉林美，金秋处处好诗篇。

2015年10月9日

秋上天台山

喜见天台气象新，和谐兴旺域民殷。
山花铺锦石梁瀑，夕照染霞华顶云。
寺古林幽亦通路，峰奇水秀更多文。
牵情还有故人酒，纵未贪杯似亦醺。

2015年10月16日

【注】

石梁飞瀑，华顶归云，都是天台山的著名风景。

阮郎归·又到天台山

天台一别数年回，
人间面目非。
日新月异看腾飞，

仙山再共醅。

参古刹，访隋梅，
赤城名自巍。
佛踪道迹探遗辉，
千年恍若追。

2015年10月16日

【注】

《阮郎归》词牌源于阮肇进天台山采药遇仙女的故事。今以此词牌写天台山。赤城是天台山的一座峰，上有梁妃塔、玉京洞、济公院等名胜。

纪念刘建封（步张福有韵）

山川自在本洪荒，端赖高人流远芳。
巡土三千屡登险，命名十六未遗岗。
桐阶历世多奇树，钓叟成文最丽章。
功益于民民不忘，永存青史美誉长。

2015年11月5日

【注】

桐阶，刘建封的字。天池钓叟，刘建封的雅号。

今冬新雪

入夜雪飘寂如梦，更新尘世未闻声。
晓看大野银装裹，偶听枝头孤雀鸣。
北客南迁排雁阵，南人北上赏琼英。
嫦娥居处无冬夏，总是桂花开满城。

2015年11月16日

【注】

许多北方人像候鸟一样去南方过冬，许多南方人到北方赏雪。

为《中华辞赋》贺岁

朝谈暮叙，友人均赞贵刊；天南地北，雅士争说辞赋。继传统于现代，扎深根于京都。蜚声四海，驰名百度。领导之掌上明珠，读者之心中美玉。艰难创刊不久，业绩如此突出，诚非易也。

描山河之秀艳，歌民众之惠贤，写英雄之伟范，绘振兴之斑斓，挞恶扬善，鞭腐倡廉，盛誉传文坛，笔底生云烟。评者曰：真乃精品云集之园！

冯唐虽老，亦可述说；王勃纵少，大可挥墨。名士瑰文纷来，村人也撰佳作。专家称：确为人才荟萃之所！

社不在钱财多寡，贵在负重；刊不在规格高低，贵在正能。精品多，人才聚，正能量，《中华辞赋》之谓也。

当此别旧迎新之际，信能续挑千斤担，更上一层楼。诚挚拜年，殷殷此祝。

2015年11月27日

【注】

《中华辞赋》责任总编黄彦同志来信："我对您之为人为文一直都颇尊崇；然在电话中诵您的《为中华辞赋贺岁》文，我还是喜出望外了。连说不仅挚切感人，更是一篇罕有的精当美文赋。及至反复细揣，那天人合一、天心地气和合之道，哲思缕缕，奇辩悠悠，浑然一体之渊雅韵味，还是使人觉得非具第一等襟抱，焉有这般出奇杰作？'欲把西湖比西子，何如美文胜美人？爱才如命诚如我，每见美文必痴情。'短短二百余字，包容如此广大，使人想起李白那篇《春夜宴桃李园序》。且此前刚读到马凯同志高雅深情的《六九述怀》自寿诗，又读到您这篇喜气盈盈的辞赋贺岁文，真可谓瑰玮之双璧，实乃《中华辞赋》新年之大福分也。"然后黄彦同志提到他的新著《但耸危言济盛世》，"志在为扫除世界危机喊出中国声音，树起中国形象。"

读《但耸危言济盛世》

灯昏昏已入子夜，思昭昭来自美文。得危言济世一卷，致欣喜兴奋不知其几天。当明窗细阅，几忘餐时；挑小灯夜读，竟不觉倦。文章人称四奇，巨著言数百万。览全球大局，阐古今哲理；摆惊人事实，唤举世协力。真乃发聋振聩之杰作也。

此书内容博大，一言以蔽之，危机学。主题巨，研究深。佛典有劫难之说，圣经有末日之论。足见危机乃永恒话题，千古学问。唯人常视而不见，身在危中不知危耳。昔女娲炼石以补天，诺亚造方舟以避难，亚特兰蒂斯消失于大海，庞贝古城吞没于火山，繁盛恐龙突然灭绝，巍然帝国顷刻瓦解，皆史传之大危机也。此书则告诉世人，当下危机"就要爆炸"。

人性弱点，全球可见；自作孽者，毁地灭天。恐袭不断，战掠频繁，大气污染，病毒蔓延，生态缺残，核危空前。凡此种种，岂虚幻耶？书之警告，绝非杞人忧天。地球毁灭之情景，常上好莱坞影屏；世界末日之预言，屡见各国报端。述说危机之孤文散议，固早已有之，然系统研究危机之专著，唯黄公此书也。

书中不只尽列危机表现，更能透彻剖析根源。正如所述，若论各种大小危机，世上本是普遍存在。人间亦曾有些事情，看似坏事，实乃进步之机；初以为祸患，却成福之所依。历史滚滚，福祸相因，不惟天命，亦在人谋。尤喜书中指明，危机化解有道，世界须相向而前；全球治理有望，中国当挑重担。化危为机，习总所示；转危为安，人民期盼。终论给人信心，启人前瞻。

古人云，文以载道，道须倚文。文无理则思不深，理无文则行不远。作者文理具是方家。书中用哲思则贯通马列毛邓孔孟老庄，鞭辟入里；展文气则应手诗词歌赋书画曲联，华彩飞扬。此亦理论著作最为难得者。

读罢掩卷思之，此书发危言警世，谋人类安全，大仁也；倡全球治理，求万方和谐，大智也。诚未来学之高端，经世学之创新。奇哉此书！黄公佳作及高公之序定将为越来越多人所了解。驰名四海，风行五洲，足可望也。

2015年12月11日

回复在海南的吴文昌同志

海南温美最宜居，只憾倾谈老友疏。
幸有手机发微信，交流万里似同庐。

2015年12月21日

新 年 祝 福

民安国泰雪纷纷，最美祥望祝福君。
万事都能如所愿，寿长赛过李青云。

2015年12月30日

【注】

张福有同志回复：这真是美好祝愿，李青云乃大寿星，同祝长寿。

假 日 神 游

新年梦里游何处？相伴诗情亦不孤。
京沪杭津渝圳汉，陕甘鲁晋粤琼苏。
山河处处美如画，灵感时时有若无。
得句曾吟醒后忘，晓来身在雪之都。

2016年1月2日

迎丙申杂感（和张福有）

正说全球变暖时，酷寒天气骤然知。
艰难发展真无畏，潇洒情怀尚有诗。
愁看西邻似秋叶，笑谈南海若春池。
又添一岁非多老，逝去时光可作师。

2016年1月23日

又到海口

千里南游琼岛滨，梦酣不觉已清晨。
欢歌海浪疑相识，轻拂椰风似故人。
无雾无尘夸海口，有花有鸟助精神。
岂须更作他乡叹，国泰民安处处春。

2016年2月5日

悼好友张笑天

大笔停书太突然，论君精力正华年。
流传世上多佳品，带走胸中几巨篇。
短信频通情似酒，知心曾叙话如泉。
文星虽逝丰碑在，长使后人思笑天。

2016年3月4日

【注】

张笑天是著名作家，曾任长春电影制片厂副厂长，吉林省文联、作协名誉主席。

逢春雪杂感

春来犹见雪纷纷，涤尽尘埃空气新。
休得对人都抱怨，不宜凡事刻求纯。

指挑千憾纵非假，跃上二强浑是真。
应赏琼妆姿妙美，枝头喜听鹊鸣频。

2016年3月5日

致　贺

九台诗社庆华年，三十回望一瞬间。
英才汇聚文光灿，不懈攀登越万山。

2016年3月8日

早春遐思

冬随飞雪去，春到菜花间。
窗雨夜声急，村溪碧水潺。
行来多坎坷，梦里几关山。
心有和风拂，何须青鬓还。

2016年3月11日

晚春飞雪

桃杏花开三月天，长春街上雪如烟。
绿条巧挂银晶坠，红蕊嵌镶白玉佃。

时有非常不须怪，心无抱怨始能禅。
当窗静赏琼妆美，双鹊互鸣飞树巅。

2016年3月12日

赞吉林省第一位国家级工艺美术大师彭祖述先生

最早吉林工美家，高精作品灿如花。
登峰成果多捐赠，德艺双馨众口夸。

2016年3月17日

梦 境 行

梦里不知人已老，犹回早岁历忧欢。
红棉沐雨岭南暖，白雪扬风塞北寒。
偶遇故交年尚少，辄迷归路日将残。
醒来自问身何处，恍换时空夜色阑。

2016年3月30日

伤 海 棠

海棠最数宋宫佳，赢得东坡诗里夸。
任性徽宗都砍掉，一朝天子一朝花。

2016年4月1日

中共建党九十五周年感赋

全球实力跃居双，屈辱百年头得昂。
终扫四分五裂弊，尽医千孔万创伤。
科兴民裕人增寿，武振军赢国固疆。
察遍当今执政党，无谁功业比他强。

2016年4月6日

病 中 杂 想

落花流水总关情，岁月云烟又几层。
常觉旧存知识减，每观新刻皱纹增。
大多忙碌实无益，细小成功岂有凭。
览卷时而忘病痛，佳音喜听国飞腾。

2016年5月20日

有感当代人生活

时代距离无贵贱，秦皇汉武莫能攀。
手机精彩四时用，高铁风驰千里还。
安坐家中购商品，兴来网上作消闲。
人生七十不稀少，新药新医频过关。

2016年6月20日

也斥仲裁案和吴文昌

汉家南海岂荒垓，鬼子居心不用猜。
狗屁法官挑五个，驴穷闹剧演三台。
组庭幕后日人擀，造势屏前坏笑回。
废纸一张尽胡说，国疆岂是尔能裁。

2016年7月13日

再批南海仲裁闹剧

山寨伪庭真傀儡，良心丧尽誉名赔。
花钱能雇法官用，造势全凭谎话堆。
柳井暗中施鬼计，白宫私下作魔推。
可悲小丑阿基诺，抱得空欢画饼回。

2016年7月13日

长春连日酷热

辽金故地热如烧，虫鸟停歌树不摇。
萧后当年怎度夏？契丹岁月没空调。
休言塞外天凉爽，且看衣中汗透浇。
圆梦征程岂能缓，高温仍要奔高标。

2016年8月2日

近日不顺

连天苦雨乱云驰，花谢草枯心意疲。
旧疾又疼身乏力，老牙上火腿抽肌。
电停灯坏茶杯打，窗破纱开蚊子欺。
运势低迷能做甚，都言炒股不相宜。

2016年8月31日

难忘江密峰

牤牛水畔忆征程，江密峰留早岁情。
东望蛟河枫叶染，南闻丰满瀑雷声。
森林遍布山川绿，豆米品优仓廪盈。
景美人勤真福地，又因考古更驰名。

2016年9月2日

【注】

张福有同志在江密峰有考古发现。

渔家傲·知足

久享太平离战乱，
虽多小病还康健，
有吃有穿无债患。

闲时遣，
看书听乐诗为伴。

今岁中秋尤灿烂，
杭州盛会增新绚，
国力升腾飞似箭。
应点赞，
正能知足心常暖。

2016年9月5日

【注】

杭州盛会指杭州二十国集团峰会。

念 长 征

战争史上称奇迹，国运兴衰此转机。
遵义当年挽狂澜，神州今始得腾飞。

2016年9月10日

【注】

省政协征集纪念红军长征八十周年诗文书法。应邀写此诗。

晨 见 初 雪

一夜醒来季节差，惊望新雪遍天涯。
银妆点缀园中翠，架上蔷薇尚有花。

2016年10月22日

读近日新闻感赋

争观霸国选新王，意外频生几喜伤。
热捧女豪多起劲，突闻男富竟登堂。
东邻哀失啼疲否，诸小深忧许诺黄。
风雨无常我何惧，自强不息是康庄。

2016年11月16日

【注】

啼疲否，即TPP（跨太平洋国际关系协定），网上戏称为“踢屁屁”。美国新当选总统特朗普宣称退出，日本最是哀伤。

江城子・旧地游

故园何处最难忘，
旧池塘，老楼房。
今得重游，古树显苍凉。
远望小窗藤尚绕，
含暮霭，映斜阳。

当年共步海棠旁，
说文章，话低昂。
好友如逢，怕亦作冯唐。
近日新容非昔比，
惊变化，叹沧桑。

2016年11月26日

贺圣朝·学习文代会精神

须知国运牵文运，
聚英才星阵。
精深理论寓深情，
得众人深信。

精神提振，
前途指引，
奏腾飞歌韵。
中华文化筑高峰，
固复兴根本。

2016年12月2日

老　之　初

人世何时最乐然，退休之后十年间。
骨筋尚健山河旅，头脑犹清文债还。
囊有小钱足温饱，身无公务享悠闲。
几多往事如烟去，每喜中华更跃攀。

2016年12月10日

少　说

如何应对事纷纷，沉默是金牢记真。
莽汉不言即绅士，傻瓜闭嘴像能人。

2016年12月19日

三　台

雪花飞舞苍茫，世界多变何妨。
鸡年吉祥可待，二零一七辉煌。

2016年12月31日

【注】

三台是词牌名。媒体和各国领导人都说2017年充满不确定性。有感而作。

步韵贺张福有

征途虽苦景堪夸，山远冰寒飞雪花。
考古千年无阻隔，吟歌百韵做诗家。
艰难常遇总能克，简朴成风从不奢。
诚祝鸡年多吉利，拓新路上赏英葩。

2016年12月31日

雪晨贺岁（步张福有韵）

旭日曈曈起望东，山河雪后素妆同。
荧屏才报稳增讯，达沃斯传领世功。
南海风波渐趋定，卫星墨子正凌空。
我侪贺岁今何献，长白诗扬唐宋风。

2017年1月21日

【注】

习总书记在瑞士达沃斯论坛讲话，被赞为引领世界经济发展的思想。中国人造卫星墨子号，是前沿科技的重大突破，对量子力学有贡献。

谢张福有同志迎春赠诗

深感君情赏美词，闻鸡起舞不能迟。
又增一岁无须贺，花落花开淡处之。

2017年1月26日

步韵贺周笃文八三寿喜

高龄依旧驻青春，履北飞南总有神。
似水流年增底蕴，如椽巨笔表诗心。
著书充栋仍谦慎，桃李漫天不闭门。
盛世繁荣逢酉岁，闻鸡起舞再图新。

2017年1月27日

附，周笃文同志手机短信寄来一诗《丁酉元辰得句呈教》：

八十三龄又报春，播州风采妙通神。
波涵天地浑元气，山养松梅不老心。
七宝楼台高映日，万方生意喜盈门。
梦边好乞如椽笔，绘出中华万象新。

回以和诗后，他又回复："太好了。国手非凡手，开笔便惊人。"

步韵马凯同志贺《中华辞赋》

燕子飞来春未迟，艳红正上小桃枝。
百年国运牵文运，万里刊驰带誉驰。
品格双馨德与艺，华章一贯赋和辞。
初心不忘长拼搏，总在征途圆梦时。

2017年2月21日

颂抗联的历史贡献

二战兴亡棋一盘，功勋评说看全篇。
如星队伍奋神勇，似兽日军牢被缠：
不敢倾巢入关内，未能铤险犯苏联。
中华儿女奇强志，浴血坚持十四年。

2017年2月21日

贺中华诗词学会三十年华诞

适逢端午纪诗人，盛典京华是诞辰。
三十年前栽玉树，万千花发绣芳春。
英才满苑层层出，佳作盈刊月月新。
多少高朋和雅会，回眸来路倍堪珍。

2017年2月28日

【注】

学会恰在纪念诗人屈原的端午节于北京成立。

画堂春·赞沈鹏老

当年结伴泛漓江，
吟诗出口成章。
馆中挥笔字辉煌，
此景难忘。

人品高标堪敬，
诗书两绝流芳。
为推文化更弘扬，
慷慨倾囊。

2017年2月28日

【注】

沈鹏向中华诗词学会捐资八十万。

回顾吉林省诗词学会三十年

诗社之兴伴国兴，回眸巨变实堪惊。
朋贤几别悲仙逝，纠结多逢喜解成。
老树繁花三十里，新芽美蕊万千萌。
开来继往前程远，扑面春风莺燕鸣。

2017年3月26日

闲居随想

饭后常看隔天报，梦中又遇旧时人。
枝头渐绿听鸣鹊，积雪全融感孟春。
似雾如烟过去事，这疼那痒老来身。
风云世界偶关注，安定繁荣愈觉珍。

2017年3月30日

三月长春御花园

报喜鹊飞一路唱，迎春花发满园金。
华年诗绪知何处，红艳桃枝未老心。

2017年4月15日

春 日 即 景

杏谢桃开风乱吹，枝头地面尽芳菲。
梨花院落佳人笑，杜宇声中倦客归。
旧事沉心成幻梦，淡香伴月入帘帏。
力衰非病只缘老，思涌如诗尚欲飞。

2017年5月2日

满庭芳 · 省诗词学会成立三十周年

似水流年，曾多阻滞，
忆来依旧如诗。
赏传佳作，长白采风时。
难忘京华盛会，
纵高论，议及千题。
赞诗社，几多风雨，
耿耿举吟旗。

前贤哀已逝。
当年播种，艳在花期。
喜人才济济，一路芳菲。
文运相连国运，
逢盛世，正好驰飞。
春天至，千花万蕾，

齐力创新巍。

2017年5月15日

孟 夏 即 事

有花有鸟有云朵，无雨无风无雾霾。
六月长春醉奇景，一场午梦卧书斋。
扑窗香气来新蕾，满地落英埋旧鞋。
微信时开通老友，趣闻偶读愉情怀。

2017年6月12日

望海潮·纪念党的生日

战争烽火，复兴拼搏，
征程从未蹉跎。
纷乱不迷，艰难不折，
九旬岁月飞过。
一改旧山河！
更跃升国力，快速如梭。
经振科兴，
齐心追梦再高歌。

仍非浪静风和。

叹众邦萧索，到处风波。
颜色革悲，金融惨祸，
唯吾稳避旋涡，阻障尽能挪。
看当今世界，政党繁多，
万岭千山，无谁比你更巍峨。

2017年6月27日

长春大雨

忽有惊雷来半天，临窗眺望雨如烟。
浓云缥缈形多变，疑是蓬莱梦里仙。

2017年7月3日

老之乐

世人多叹老来哀，山水斜阳亦美哉。
耳背少听烦杂语，眼花不见闹心埃。
读书只要临窗静，修圃无须平治才。
关注复兴传喜讯，却于琐事漠如呆。

2017年7月7日

破阵子·八一感怀

肩负千秋大业，
身经万里长征。
抗日推山天地换，
战美过江世界惊。
总怀鱼水情。

更贵与时俱进，
尤其统帅英明。
组织指挥今变革，
陆海空天齐跃升。
梦圆华夏兴。

2017年7月28日

【注】

推山，指推倒“三座大山”。

贺抗联文化高端论坛（步张福有韵）

四海名家珠璧联，探深涉广更无前。
成文史料现虽少，抗敌枪声此最先。
战斗终时论胜负，人群自古有奸贤。
当年卓绝英雄迹，今日花开月正圆。

2017年9月17日

再来北戴河

秋深萧瑟已无蝉，寂寞小楼门不关。
细雨敲窗如往昔，杂花映眼尚斑斓。
葡萄沟里葡萄老，动物园中动物闲。
那日同游几人健，青丝染雪转身间。

2017年9月29日

人月圆·喜迎十九大

国逢盛会普天庆，
万众享繁荣。
创新变革，经军科教，
全面飞升。

精英齐聚，蓝图绘定，
气正风清。
核心英智，人民拥护，
前路光明。

2017年10月7日

沁园春·十月革命百年纪

回首当年，十月炮声，
震撼全球。
唤工人起义，推翻旧制；
第三国际，引领新舟。
马列精华，苏俄文化，
遍世风传涌热流。
赢二战，
促苏联崛起，更上层楼。

新图毕竟难勾。
苦探索峥嵘岁月稠。
叹内争酷烈，纷呈凋落；
集中经济，渐露深忧。
后任无方，动摇信仰，
瓦解顷间不可收。
新时代，
看红旗高举，谁立潮头。

2017年10月7日

悼谷长春同志

秋声昨夜似悲鸣，噩耗辰闻更震惊。
犹记当年同奋斗，曾经事业获殊荣。
白山风雪不畏苦，古刹难题终解成。
磊落一生无所憾，人心史册有君名。

2017年10月14日

【注】

古刹难题，指当年敦化复建正觉寺，起初不获批准，后与谷长春同志共同研究，终得解决。

蝶恋花·欢庆十九大

此岁金秋景旖旎，
国泰民安，发展多惊喜。
盛会京华商大计，
佳音传进人心里。

报告精神要牢记，
大气恢宏，款款传真理。
新略新方新胜利，
复兴追梦高潮起。

2017年10月18日

步韵贺郑欣淼会长七十寿

沧桑转瞬似风旋，圆缺阴晴只泰然。
征路辛勤多硕果，人生精彩上凌烟。
寻常内外皆康健，七十依稀是少年。
追梦中华仍奋斗，弘扬文化广诗缘。

2017年10月24日

冬 居 长 春

冰天雪地晓行难，琼玉随风舞白烟。
清静常因闲事扰，酷寒早把厚衣穿。
写书辛苦几人读，求药效微多病缠。
圆梦每闻好消息，疾疼顿失激情燃。

2017年12月19日

假日偶感二首

一

岁尾彻天寒，家居少往还。
拜年靠微信，屏幕看江山。

二

酉戌要交班，匆匆又一年。
频频闻喜讯，愈信梦能圆。

2018年1月1日

感地域变迁

此消彼长路崎岖，史铸根因命运殊。
油涌中东多国富，火吞庞贝古城无。
小村开放成深圳，洛邑渐衰非帝都。
发达关东竟冷落，何时再起展宏图。

2018年1月31日

边地严冬

天寒地冻北风狂，雪舞银花越短墙。
躲进书斋翻旧卷，畅游幻境任高翔。
轻伤小病多仍寿，敌国外患无辄亡。
莫谓荒疆长寂寞，兴衰几地易沧桑。

2018年1月31日

【注】

有人说东北因为天气冷，所以发展不起来。余不以为然。

咏新春（步张福有韵）

佳节正当飘雪冬，山川放眼尽欢容。
昂扬迈进新时代，艰苦难忘旧事踪。
排障转型惊一跃，攻关夺锦喜多逢。
万家欣乐复兴近，青史增篇有管彤。

2018年2月4日

不同的春节

入夜全无鞭炮声，天蓝气爽月华清。
拜年不再遍街走，问候常由微信呈。
做饭累人多歇手，网车赴宴满春城。
自从迈进新时代，路更畅通灯更明。

2018年2月25日

步韵贺李文朝寿

人生七十已非稀，灿烂夕阳成话题。
自鲁赴京建功业，从戎投笔挂征衣。
德高一品无暇憾，学富五车多贝玑。
回首沧桑足欣慰，领军诗苑续挥旗。

2018年2月28日

八 十 随 想

无龄感是最高修，增岁焉宜作庆由。
不必劳心写回忆，何妨舍手付东流。
宽容为念多可谅，佳梦萦怀少引愁。
莫道光阴尽虚度，历经崛起遇难求。

2018年3月6日

忆长白山运动员村

山中原本无居处，运动员村顺势生。
用电全凭溪水力，解囊多谢霍家诚。
蓝图来自加拿大，馆址能闻瀑布声。
冰雪健儿得其所，此情此景忆犹清。

2018年3月23日

【注】

运动员村是20世纪90年代初在长白山深处为冰雪运动员训练而建的小宾馆。香港霍震霆先生捐资，并请加拿大专家设计。山里不允许烧燃料，乃利用山溪进行水力发电。近日有朋友又说起运动员村，感而作此。

步韵贺张福有发现长白山石磬

穿越时空万世飞，白山秘史闪流晖。

深藏文物久埋处，每遇高人便敞扉。
石磬发音传远信，荒村考古破屏围。
勤身慧眼识瑰宝，屡获惊天奇迹归。

2018年4月10日

贺江密峰梨花节（步张福有韵）

惊艳龙潭古镇幽，曾游转瞬几春秋。
梨花院落谈诗话，芳草河边赏碧流。
旧日情常留美忆，新时代已到疆陬。
繁英望去洁如雪，似锦前程有奔头。

2018年5月3日

朝中措·感时事

振兴不只笑颜开，
挑战也纷来。
洞朗、南沙、朝核，
衅航、贸战、煽台。

英明掌控，人民信赖，
淡定安排。
巨手运筹帷幄，

回身已扫阴霾。

2018年5月7日

打　乱　仗

春秋多乱战，当下似中东。
土以沙伊叙，纵横鹰与熊。

2018年5月12日

访长春儿童福利院

园中高树蔽浓荫，孤障尤须享爱心。
稚幼一群跳美舞，芳华三岁奏瑶琴。
目盲乐圣称阿炳，身废科王有霍金。
童辈成材应可望，无遗庇护赞当今。

2018年6月3日

贺《张福有诗词选续辑》出版

佳作集成珠璧联，写今写古写山川。
盈枝硕果生高树，喜得流芳四海传。

2018年11月30日

改革开放四十年颂

未忘曾经苦弱穷，愈惊今日势如虹。
披荆斩棘艰辛路，破险排难浴火功。
经济腾飞千里速，民生改善万家丰。
齐心迈进新时代，圆梦登峰在望中。

2018年6月22日

贸　易　战

老美猛开贸易战，全球到处起硝烟。
乱撕规则加人税，不许高科超我前。
自贬唱衰实无益，胡吹轻傲亦狂癫。
中华临变心神定，顺势勇迎新纪年。

2018年7月4日

酷 热 杂 感

昼夜高温持续攀，汗流竟像泪潸潸。
而今有电吹凉气，古代无方任苦艰。
民国建都选热市，要人逢夏上庐山。
此为塞北应寒地，亦似非洲赤道间。

2018年8月7日

寂寞七夕

静听秋虫唱北篱，仰观银汉觅仙姿。
年年七夕世人老，牛女真情永不移。

2018年8月17日

北戴河初秋

高铁奔如歌，重来北戴河。
蝉声今已少，秋雨夜尤多。
山水恒长秀，风云倏忽过。
楼窗丛树掩，寂卧感蹉跎。

2018年9月9日

四三歌

山山水水，让人醉；
花花草草，巧点缀。
坎坎坷坷，无所谓；
苦苦乐乐，总搭配。
轻轻重重，肩上背；
深深浅浅，要走对。
高高低低，别后退；

行行止止，须学会。
胜胜负负，皆可贵；
点点滴滴，不白费。
真真假假，非全对；
好好赖赖，都在内。
善善恶恶，难纯粹；
光光明明，勿暧昧。
和和谐谐，莫尖锐；
简简单单，免得累。
吃吃喝喝，睡一会；
风风雨雨，又一岁。

2018年9月20日

蝶恋花·忆通化行

鸭绿泛舟秋色好，
好太王碑，史话知多少。
五女峰头花放早，
龙湾雅聚诗佳妙。

粮美酒香多捷报，
富庶文明，非复当时貌。
昔日同游人渐老，
山川越发姿颜俏。

2018年10月2日

贺《中华辞赋》创刊五周年

五载光阴弹指间，骄人成就喜连连。
美词装点新时代，佳赋讴歌盛世年。
付出正能无缺憾，耕耘丰壤有才贤。
伴随华夏复兴梦，不忘初心勇向前。

2018年12月15日

雪天接故人电话

大雪封门倍感孤，恍如乘梦到仙都。
谁人忽打长途话，早岁同游博识儒。
旧忆细微惹悲喜，赞称尚未老糊涂。
万般皆伴时光去，远望琼花赏美图。

2018年12月31日

年 初 杂 感

去岁回看非等闲，惊涛骇浪稳行船。
多灾多难铸佳绩，尽力尽心书美篇。
迈步新程凭众志，运筹帷幄有高贤。
任其外界生何事，大好风光在这边。

2019年1月1日

步张福有韵乙亥贺岁

候鸟纷飞又一春，安居塞外望边尘。
闲来总问风云况，忧念浑忘老病身。
帷幄深思谋尽妙，妖氛频扫貌尤新。
亥年应是吉祥兆，诸事随心好运真。

2019年1月23日

沁园春·步李文朝韵贺新中国七十华诞

久黯终晴，战火中生，
世界新星。
历百年羸病，人欺己乱；
一朝站起，国硬民荣。
强敌环窥，困难无数，
竟立巍然举世惊。
方兴势，任敌封不惧，
广有嘉朋。

恰如万里长征，
才 步，馀途须奋行。
敢昂然探索，克危越险；
壮哉艰旅，锻将强兵。
经济腾飞，民生改善，

更与全球谋共赢。
新时代，有英明引领，
似锦前程。

2019年2月28日

步李文朝韵纪念“五四”百年

学运如潮撼八方，反封反帝美名扬。
当年屈辱忆多恨，今日图兴惜寸光。
发展经科须稳定，传承文化亦繁忙。
永怀五四与时进，不忘初心为国强。

2019年2月28日

喜迎新中国七十华诞

七秩沧桑几巨澜，翻天覆地奋行坚。
财经扩大五千倍，人寿延长四十年。
一片散沙成过去，万民合力更无前。
繁花似锦新时代，喜见中华梦正圆。

2019年3月27日

【注】

1949年中国GDP为179.56亿美元，2018年为90万亿美元，增长5000倍。人均寿命，1949年为35岁，2018年为77岁。

总　　跋

经与蒋力华先生多年的思考、谋划与操办，在我省老领导王云坤、张岳琦、唐宪强的关心、支持下，在吉林省委宣传部、吉林省财政厅、白山市委、吉林省文史研究馆、吉林省长白山文化研究会和时代文艺出版社的大力支持下，吉林省诗词学会、长白山诗社认真操作、实施，“长白山诗派丛书”终于面世。

“长白山诗派丛书”，原思路是编撰“长白山诗词流派丛书”，以长白山天池为发端，将沿大泽、松花江、鸭绿江、图们江、伊通河、东辽河、辉发河、浑江、牡丹江、嫩江等江河的诗人之作品分别结集成卷，再加上一卷黑土地农民诗人卷，共编辑出版三百卷，已经列出入围名单。在征求意见时，各方普遍感到规模过于庞大，缺乏财力支持，难以启动和实现。后来，便收缩了范围，缩小了规模，改为“长白山诗派丛书”，规模为一百卷，分三年完成。2019年，是新中国成立七十周年，就先出七十卷，向国庆七十周年献礼。2020年，是长白山诗社成立三十七周年、吉林省诗词学会成立三十三周年、吉林省长白山文化研究会成立二十周年，再编辑出版三十卷，完成一百卷的创新、补白之举。

中国作为诗的国度，“诗派”之说古已有之。盛唐之诗代表了唐诗的最高成就，这是唐诗的第一个高峰。其标志是两大诗派：一是以王维、孟浩然为代表的山水田园诗派，二是以高適、岑参为代表的边塞诗派。李白和杜甫是盛唐双峰并峙的伟大诗人，他们的诗歌代表了唐诗乃至中国古典诗歌的最高成就。唐德宗贞元到唐宪宗元和年间（785—820年），唐诗发展的第二个高峰出现了。其标志也是两大诗派的崛起：一个是以白居易为首，元稹、张籍、王建、李绅等人为羽翼；另一个是以韩愈为首，孟郊、贾岛、卢仝、李贺等为羽翼。他们面对诗的创作"极盛难继"的困境，敢于追求变化创新，努力从博大精深的杜甫诗中汲取开拓创新的思想艺术营养，学习杜甫"因事立题"、用乐府诗反映民生疾苦，使杜诗的现实主义精神得到进一步发扬光大。他们继承了杜甫在艺术上刻意求新、富于创造性的精神，写险怪、写幽僻、写苦涩、写冷艳等，以散文章法、句法入诗，并且大量使用一些非前人诗中所习见的词语，押险韵，拓展了诗的表现领域，丰富了诗的创作手段和艺术风格，推动了唐诗的发展。现在，我们距唐诗第二个高峰，已历约一千二百年。

清代诗人宋荦在《漫堂说诗》中写道："唐以后诗派，历宋、元、明至今，略可指数。宋初晏殊、钱惟演、杨亿号'西昆体'。仁宗时欧阳修、梅尧臣、苏舜钦谓之欧、梅，亦称苏、梅，诸君多学杜、韩。王安石稍后，亦学杜、韩。神宗时，苏轼、黄庭坚谓之苏、黄。又黄与晁补之、张耒、陈师道、秦观、李廌称苏门六君子。庭坚别开'江西诗派'，为'江西'初祖。南渡后，陆游学杜、苏，号为大宗。又有范成大、尤袤、陈与义、刘克庄诸人，大槩杜、苏之支分派别也。其后有'江湖'四灵徐照、翁卷等，专攻晚唐五言，益卑卑不足道。金初以蔡松年、吴激为首，世称'蔡吴体'。后则赵秉文、党怀英为巨擘，元好问集其成。其后诸家俱学大苏。元初袭金源派，以好问为大宗。其后则称虞（集）、杨（载）、范（椁）、揭（徯斯），元末杨维祯、李孝光、吴莱为之冠，前如赵孟頫、郝经，后如萨都剌、倪瓒，皆有可观。明初四家，称高（启）、杨（基）、张（羽）、徐（贲），而高为之冠。成、宏间李东阳雄张坛坫。迨李梦阳出，而诗学大振，何景明和之，边贡、徐祯卿羽翼之，亦称四杰，又与王廷相、康海、王九思称七子。正、嘉间又有高叔嗣、薛蕙、皇甫氏兄弟稍变其体。嘉、隆间李攀龙出，王世贞和之，吴国伦、徐中行、宗臣、谢榛、梁有誉羽翼之，称后七子。此后诗派总杂，一变于袁宏道、锺惺、谭元春，再变于陈子龙。本朝初又变钱谦益。其流别大槩如此。”

关于清诗流派，众说纷纭。《清诗流派史》一书细分了二十多个诗派，竟无一个长白山诗派，显然值得思索与商榷。长白山诗派是个客观存在，不论是否论及，都否定不了其实际上的存在。这一点，本书总序中已有论述，恕不赘言。

长白山地处东陲，“东陲无文”之见根深蒂固。传承、繁荣长白山诗派，是长白山地区诗人责无旁贷的使命。在这方面，我们努力了。从1994年蒋力华在白山市主持召开全国第一次长白山文化研讨会、1996年我在白山市主持召开全国第二次长白山文化研讨会、1998年我在白山市主持召开第三次长白山文化研讨会暨《长白山诗词选》首发式起，我们持之以恒地努力了二十多年。这二十多年，我们主要做了三件事：

一是，梳理了长白山诗词在中华诗词中的源流关系。雄伟的长白山和广袤的关东大地，是孕育长白山诗词的肥沃土壤。类利的《黄鸟歌》，是长白山下第一首有确切作者名字的带有《诗经》风格的四言诗。隋炀帝的《纪辽东》，是词的源头。其中写道“清歌凯捷丸都水，归宴洛阳宫”，丸都，就在长白山下。李世民的“驻跸俯丸都，伫观妖氛灭”，亦然。李白的《高句丽》《送王孝廉觐省》，直接写长白山下的土著。苏东坡的《人参》，直接写到长白山的特产。陆游的“鸭绿桑干尽汉天”“却回射雁鸭绿江”，都是写长白山发源的鸭绿江。张元幹的“山拥鸡林，江澄鸭绿”，正是长白山的景物。王寂的《张子固奉命封册长白山回以诗送之》，是以诗证史的权威诗作。赵秉文的《长白山行》、刘敏中的《卜算子·长白山中作》，不可多得。元曲中的“雄赳赳，气昂昂”，成为中国人民志愿军军歌的歌词。朱元璋的《鸭绿江》，康熙的《望祀长白山》《松花江放船歌》，尤侗的《长白山赋》，吴兆骞的《长白山》《长白山赋》，曹寅的《乌拉江看雨》，纳兰性德的《柳条边》，乾隆的《望祭长白山》《吉林土风杂咏十二首》，顾太清的《冰灯》，吴大澂的《皇华纪程》，张凤台的《赠刘建封勘查长白山》，刘建封的《白山纪咏》，吴禄贞的《又留别长白山》等，不胜枚举。两千多年，诗咏长白，一脉相承；脉发长白，源远流长。中华民族诗的传承在东北、在吉林有脉可寻。从隋炀帝的《纪辽东》到康熙的《松花江放船歌》，就是一部史诗，也是关东大地的历史，清晰地记载着、深远地影响着中国的历史。以诗可以纪事，以诗可以证史。

二是，搭起了以诗词贯通古今的桥梁和平台。新的长白山诗派，由1998年《长白山诗词选》的出版开始，代表着新气象之开端，至今已二十一年。2004年，吉林省诗词学会与“中华诗词论坛”合办“关东诗阵”，至今已历十五年。“吉林诗词现象”“关东诗阵现象”，已经在中华诗词界得以公认。这应是中华诗词由复苏到复兴进程中的新生事物。我们以“关东诗阵”为主要平台，组织东北以及关内关心东北地区诗词文化建设的诗人，坚持集中开展采风创作，紧紧围绕长白山诗词流派建设，以诗纪事、以诗证史，在创作中培养、提高队伍。“吉林诗词现象”和“关东诗阵现象”，实质上是当代中华诗词的一种创造性实践，是长白山诗派复兴和崛起的象征。

自2007年以来，我们搞了二十多次采风创作，在吉林人民出版社、吉林文史出版社、时代文艺出版社出版了二十多部大型主题诗词专集。在“华夏杯”等全国诗词大赛上，邵红霞等诗人多次获大奖，吉林省诗人甚至曾囊括一、二、三等奖和优秀奖。

《长白山诗词》杂志，有国内和国际公开刊号、有经费、有编制，成为诗人永远的家园……《长白山诗词》创刊三十五年，已出刊一百五十期，刊发诗、词、曲等七万多首。《长白山诗词选》收录诗词作品一千一百六十一首。《中华诗词文库·吉林诗词卷》刊发诗词三千五百五十五首。二十多部采风专集收录诗、词、曲、赋三万余首。直接写长白山等景物的计约一万五千首。这是之所以敢称长白山诗派的雄厚的诗词作品基础和现实的工作基础。

三是，培养了队伍，创作了一批标志性作品。拙斋与蒋力华先生写长白山及关东地区景物的诗词，都在一千首以上。这都是从来没有过的。我们整理、新创了《纪辽东》《玉甸凉》《海龙吟》《一剪梅引》等新词牌，得五千多首作品，温瑞先生称其“具有里程碑的意义”。自2005年以来，连续十五年举办迎春唱和活动，范围包括全国各省，和诗数量近万首，古之未见。在诸如“呼唤”“蟹岛唱和”“海棠雅集”等当代国内最重要的诗词活动中，我们大致都提供了二分之一的作者、三分之二的作品。范围之广、数量之大、反应之灵敏、集结之快速，都是关东诗阵、诗域吉林的特殊存在、实力所在。拙作《张福有诗词选续辑》的出版，被誉为当代长白山诗派的代表作和巅峰，直接促成了“长白山诗派丛书”的立项。

从诗教和诗词基本建设方面来说，我们有意识地下了很大功夫。吉林省诗词学会老会长、长白山诗社社长张岳琦携女张昕所著的《诗词格律简捷入门》，一版再版，深受欢迎。拙著《诗词曲律说解》，公木先生作序，畅销南北，免费发在“国学宝典”网上，惠人无数。吴文昌的援藏援疆新边塞诗，蒋力华的《纪辽东》，张应志的《关东历史名贤百咏》，温瑞的民间风情，聂德祥的《虎啸集》等，都可圈可点。在被周笃文先生誉为“关东铁军”的兵团中，有十分耀眼的女子方阵和农民方阵。王述评、于子力、胡玫、王丽珠、赵凌坤、李容艳、奚晓琳、黄春华、陈静、卢海娟、林丽、吴菲，被称为“十二仙媛”，出版了《十二仙媛集》。许清忠、李彦、刘振翔、张利春、王雪梅、王玉孚、杨丽、高俊香、常红岩、冯振江、杨秦山、郎丽萍、金福昌等一批农民诗人和赵志梅等一批工人诗人，已经成为吉林黑土地上的知名诗人。

由上可知，2010年杨金亭先生关于“可以说，长白山诗词流派，现在已经初步形成”的概括，是符合实际的。面对如此丰厚的成果，我们有责任将其裒辑成卷，以便于当代及后人研究。我们面临一个新时代、好时代。这一时代的长白山诗词创作，着眼历史使命，秉持人民立场，坚定文化自信，繁荣诗词创作，记载发展历程，积累创作经验，是不可断条、不可或缺的。留下我们所处时代的诗的韵律、诗的画卷、诗的记忆，不负我们所处的伟大时代和庄严使命。这套丛书的出版，也有助于消除“东陲无文”的偏见。

“长白山诗派丛书”已入选的作者和作品，无疑是当前吉林省和辽宁省、黑龙江省诗人中的佼佼者和代表作，但并非没有不足之处。同时，由于名额所限等因素，还有一些作者、佳作未能入选。这当然是一个遗憾。好在还有多种渠道和路径，会不断弥补这个遗憾。应当相信，只要是好诗词，就不会被埋没。

“长白山诗派丛书”的出版，既是对一个阶段长白山诗词成果的集中检阅，又是一个新的起点和标志。以往若干研究中国东北文学和诗词的学者，大都无视当代旧体诗人之作。这不能怪别人，至少我们没有系统呈现这方面的丰硕成果。相信“长白山诗派丛书”出版之后，这一情况会有所改观。如此丰硕的诗词成果，是不容忽视的。至于如何评价，那是又一回事，而且对于现在来说，那不是主要的。是非成败，悉由后人评说。

最后，还要由衷地感谢王云坤同志为“长白山诗派丛书”题签。感谢省委宣传部和时代文艺出版社，自觉贯彻落实习近平总书记关于文化建设一系列重要指示，积极立项“长白山诗派丛书”一百卷。这是长白山文化事业建设的大举措，是一种高度的文化自信和文化自觉。时代文艺出版社决定要出精装本，精心选择印刷厂家，体现了高度重视和担当精神。在编辑的过程中，经费不足，得到了白山市委的给力支撑，这也是高度的文化自信和文化自觉的鲜明体现。全省各级诗词学会和诗词组织，认真贯彻落实省诗词学会的部署，精心选择、推荐作者，积极帮助准备作品，在极短的时间内，高效地完成各项任务。所有作者都积极主动，像珍惜生命一样珍惜这样千载难逢的好机会，认真选稿，反复修改。“长白山诗派丛书”的主编、副主编、编委会成员以及出版社的编辑、制作团队，日夜兼程，加班审稿、改稿，扫除差错。正是各方面的配合与努力，使这项空前的诗词文化工程得以顺利完成，并以此向新中国成立七十周年献礼。

总跋赘语

赫然百帙出东陲，率发洪荒力共推。
十六奇峰围大泽，三千弱水毓雄碑。
磬音启昧缥缃醉，手斧披榛锦绣维。
聊引遐陬通韵府，一开绮卷一扬眉。

張福有

2019年4月20日 于长春养根斋